終列車

森村誠一

祥伝社文庫

目次

プロローグ

1

「若いころは、髪が多いのをもてあましたものだが、五十の大台を越えると、次第に目減りしてきて、髪も細くなる。情けないものだな」

最上秀幸《もがみひでゆき》は鏡を覗《のぞ》き込みながら言った。

「最上さんの年齢でこれだけ地毛が豊かであれば、御の字ですよ。黒々としていて、若々しい」

前沢雄爾《まえさわゆうじ》がまんざらお世辞でもない表情で褒めた。

「いやいや、よく見るとかなり白いものが出てきている。ヘアデザインはカーデザインに通じるという口実で、きみに髪の面倒をみてもらっているが、やはり若い生命力に溢《あふ》れる髪の方が、ヘアデザイナーの腕を振えるんじゃないのかね。ほら、コマーシャルでよく言うじゃないか、髪は〝血餘《けつよ》〟とか。血が生命力なら、我々はさしずめ〝血乏〟かな」

最上は乾いた声で笑った。

「そんなことはありませんよ。いまはヘアデザインから、ヘアレスデザインの時代に入っています。豊かな素材をあたえられれば、だれでも包丁を振えます。乏しい素材の包丁捌《さば》きこそプロに求められるものでしょう。全かつらがヘアレスデザインなら、ヘアピースや前髪かもじやオーバーヘアなどは乏毛《スケアスヘア》デザインと申せましょう。美容技術は日進月歩です。ご心配には及びません」

「きみが控えているかぎり安心して血乏になれるということだな。まあ我が方はカーデザインが車無し《カーレス》デザインになっては困るがね」

都心の美容院で、客の最上と担当ヘアデザイナーの前沢が会話していた。

2

それから約一年余経過した。

降りみ降らずみの雨が朝からつづいている暗鬱《あんうつ》な日であった。夕方になって少し雨が上がったので、女は二歳になった子供を連れて買い物に出た。

買い物をすませて家の方へ帰って来る途上、小康状態を保っていた空からまた雨が落ちてきた。

「濡《ぬ》れるといけないから、早くお家へ帰りましょうね」

彼女は子供の手を引いて家路を急いだ。もう少しで家へ着く横丁の角へかかる所で、いきなりかたわらの塀の中から犬が激しく吠《ほ》えた。その家に犬がいるのは知っていたが、めったに吠えたことはない。

子供は犬が大嫌いだった。折悪しく母親は荷物をもち替えようとして子供の手を離したときである。

子供はびっくりして車道の方へ飛び出した。そこへ一台の乗用車がハイスピードで通りかかった。

ちょうど「逢《お》う魔が時」と呼ばれる、太陽と人工の光が入れ替わり、夕闇《ゆうやみ》が最も運転者の視力を落とす時間帯であった。濡れた路面がライトを吸収している。

急ブレーキの金切り声と共にボンッという音がした。子供はマリのようにはね上げられて、舗装された路面に叩《たた》きつけられた。母親が悲鳴をあげた。

たしかにそれは魔の時間帯であった。常ならばかなり激しい交通のあるその通りに、他の通行車もなく、歩行者の姿も途切れていた。いったん停まりかかった加害車は、前以上に加速すると、昏《く》れまさった夕闇の中へ逃れ去った。あとには血浸しの雑巾《ぞうきん》のようにされた幼児と、半狂乱の母親が残された。

3

同じ日の一時間ほど後、そこから三十キロ離れた幹線道路で事故が発生した。道路脇《わき》から路央にいきなり数個の空きかんが投げ込まれた。子供がいたずらしたらしい。その前にさしかかった乗用車が、急ブレーキをかけた。雨に濡れて摩擦係数の落ちた路面で強引にブレーキをかけられた車輪は、回転を停めたままスリップした。動転したドライバーはさらにブレーキペダルを強く踏んだ。方向性のコントロールを失った車は、きりきり舞いをしながら前後を逆転させた。そこへ後続車が突っ込んで来た。後続車は際どい所で停めたが、さらにその後続車が猛烈な勢いで突っかけて来た。

そのためにせっかく停まった二番車は三番車の慣性をそのまま伝えてスピンした先頭車の車首とからみ合った。前後からサンドイッチされた形の二番車は、最も小型であったこともあって、ひしゃげてしまった。燃料タンクから溢れ出したガソリンに引火して、内部に何人かの人間を閉じこめたまま盛大に炎上を始めた。火はたちまち玉つき追突に巻き込まれた全車に及んだ。

あっという間のアクシデントであった。先頭車と三番車から逃げ出した人も、二番車の中に閉じ籠《こ》められた人間を救出する間がない。炎が駆けつけた人たちを焙《あぶ》った。

三番車の人間は安全圏に逃れると、炎上する車の光景にカメラを向けていた。

4

「いいか、必ず殺《バラ》して来い。あいつがこの世にのさばっているかぎり、おれたちには日は当たらねえとおもえ。首尾よく殺せば、おまえは幹部だ。何人か子分をもってよ、いい顔になれるぜ」

北浦良太《きたうらりようた》は大幹部の坪野《つぼの》から発破をかけられた。なんのために相手の玉《タマ》（命）を取るのか、その説明は一切ない。質問も許されない。

要するにこの世界でのし上がっていくためには、「意味のある殺人」をしなければならないのである。意味のあるとは、組織の存続と発展のために役立つということである。

いま北浦に命じている幹部も、彼らの畏敬《いけい》の象徴として組織のピラミッドの頂点に座っている親分も、そのような殺人を重ねて顔を売ってきたのである。

北浦は二十三歳、町工場や風俗営業の店を転々として一年半前に組に入った。この世界に入るには遅い年齢だが、年齢も経歴も不問で受け入れてくれる所はこの方面だけである。

だが一般社会の尾を断ち切れず、あこぎなまねができない。収入源《シノギ》も見つけられず、債権取立てに行っても兄哥分《あにきぶん》の背後に突っ立っているだけで、なにも言わない。

事務所に寝泊まりしているから食うにはこと欠かない。幹部や兄哥の使い走りをしている間に同期の者や後から入った者がどんどん追い越して行った。

そんな北浦にとうとうチャンスがまわって来た。日頃目をかけてくれている坪野から、玉取りの指令が下ったのである。

「組の名は絶対に出すなよ。三年も辛抱すれば、親分兄哥の出迎えを受けて、金バッジだ。これは当座の費用だ。心残りのないように遊んでおけ」

坪野は、北浦が生まれて初めて手にするような分厚い万札の束を握らせた。その札束の重さが、北浦が犯す殺人の重さであり、将来の地位の重さである。

「必ずご期待に添います」

北浦は誓った。

第一章　風化した旅立ち

1

「あなた、お散歩にでも行ってらしたら」

休日の午前、テレビの前でボンヤリしていた赤阪直司《あかさかなおし》に妻の朝子《あさこ》が言った。外はどんより曇っていて、散歩するような気分になれない。赤阪が生返事をしていると、妻が掃除器を振り立てて容赦なく追い立てた。

渋々立ち上がって玄関を出かけると、妻が追いかけて来た。

「あなた、ついでにゴミを出しておいてね」

とビニールのゴミ袋を押しつけられた。

「今日はゴミの日じゃないだろう」

赤阪がやや抗議調に言うと、

「生ゴミじゃないからいいわよ」

恬《てん》として恥じる様子もなく答えて、さっさと奥に引っ込んだ。

夫にゴミをもたせてなんともおもわないのかと言おうとしたが、怺《こら》えて外へ出た。いまさらそんな言い合いをしたところで、どうにもならない。もはや妻の意識の中に夫に対する愛はおろか、関心の一片もない。かつてはあったはずの愛情や尊敬が冷えたというのではない。多年の平穏無事な夫婦生活の中で風化してしまったのである。

妻として堕落したのである。彼女が他人の前で赤阪を「主人」と呼ばなくなってから久しい。「夫」とか、「連れ合い」と呼ぶ。夫婦関係は主従ではなく対等であるという意識からなのであろうが、対等であるはずの妻の分を十分に果たしているとはおもえない。半調理製品やレトルト食品を平然と夫と子供に食わせ、「家事からの解放」を謳《うた》い文句に、掃除、洗濯その他の家事を省けるだけ省く。

少し夫の帰宅が遅いとさっさと先に寝てしまう。朝は彼より遅く起きて来る。夫と子供の朝食としてバナナと牛乳がテーブルに出ている。かたわらにビタミン剤のびんがおいてある。それだけあれば朝食の栄養として十分なのだそうである。

あまりの味気なさに朝食抜きで出勤してもなんとも言わない。夫が朝食を摂《と》ろうと抜こうと関心がないのである。

最初からそうであれば、あきらめもつく。だが以前は決してそうではなかった。彼女の関心はすべて赤阪に集まっていた。夫以外のことにまったく関心はないと言ってよかった。

例えば飲物一杯にも、コーヒー、紅茶、緑茶三通り用意する。風呂へ入る前に下着一枚出すのにも何枚か用意して選択の余地をあたえる。彼がやり過ぎだと言ってもやめない。

「あなたの喜ぶ顔を見るのが私の生き甲斐《がい》なのよ」と言って一日の大半を彼に尽くすことに捧げる。夕食の支度に午後を費して、たった二人の食事（それも赤阪のため）に十品目前後の料理をする。

外食をして珍しい料理に遭遇すると、研究して、次の食膳《しょくぜん》には結構近似値的なもどき料理が登場する。

これが少し怪しくなったのは、初めての子供が生まれてからである。

「子供に尽くすことは、あなたに尽くすことだわ」

という理論を引っ下げて、次第に夫に対するサービスの手を抜いてきた。だがそのころは確かに夫の手を抜いた分だけ子供の世話をしていた。

それがさらに怪しくなってきたのは、二番目の子が生まれてからである。子供を口実にして主婦業全般に手抜きが目立つようになった。肝腎《かんじん》の子供の世話もルーズになる。子供の髪が臭いので、聞いてみると、何日も洗髪していなかったり、虫歯をつくったり、怪我《けが》に気がつかなかったり、以前には考えられないような事態が生じた。

三番目が生まれると、もはや子供を口実にすらしなくなった。夫婦とは互恵契約的なところがある。一方の関心が薄れれば、パートナーの関心も相応して薄れる。当然夫婦生活も少なくなり、遂には皆無になる。〝卒業〟したわけではない。まだ十分男と女の生ぐささを残している間に夫婦生活がなくなるということは、他人に還元することである。他人同士の男女であるなら、コミュニケーションの生ずる可能性があるが、夫婦でありながら夫婦関係を喪失した男女に、その復活はまずない。その点、他人より始末が悪い。

べつに憎み合っているわけでもないが、夫婦の惰性あるいは慣性で、同じ屋根の下に起居しているだけである。

赤阪がおもいだしたように夫婦関係の再開を求めると、露骨にいやな顔をされてニベもなく拒否された。

「なにをいまさらそんなことをしなければいけないのよ」

朝子は痴漢を見るような目を向けた。

「そんなことって、おれたち夫婦だろう」

赤阪が呆《あき》れて言うと、

「いやだあ、そんないやらしいこと。夫婦ってベッドを共にするだけじゃないでしょ」

「まあそりゃそうだけど、全然なしというのもおかしいんじゃないか」

「ちっともおかしくないわよ。子供が三人もいて、いまさらそんな生ぐさいこと、てれくさくてとてもできないわよ」

そんなことを言い合っている間にシラけてしまって、赤阪の方も醒《さ》めてしまう。

そんな夫婦であっても別れないのは、これも風化による惰性のせいである。別れるほどの情熱もない。〝風化した妻〟に代わるべき新しい女もいない。妻は風化していても、三人の子供たちは、まだ親がかりである。この家庭を破壊してまで、新しい女の新たな関心を求めようとするほどの気力もないのである。

平穏無事、十年一日のような生活の中で、赤阪自身も風化していたのである。

2

赤阪自身まだ四十代後半で男としての脂が乗っている年代のはずであるが、会社ではすでに「窓際」の観が濃い。肩書きは一応「課長」となっているが、部下も担当課もない。これは会社が古参社員のために考え出した苦肉の策で、肩書き用の〝無任所課長〟である。給料は課長並みだが、仕事はヒラである。いや仕事のラインからはずされているので、ヒラより悪い。

社内では専ら「ガ長」と呼ばれている。赤阪はつくづくつまらないとおもった。これでも三十代前半ころまでは自分の人生にビジョンを据えていた。潑剌《はつらつ》としてレースに加わり、バリバリ仕事をした。家庭にあっても妻の関心の的となり、一家の長として重きをなしていた。公私共に充実していたのである。

それがいまは公私共に風化してしまった。もちろん彼自身にも責任はあるが、人生の潮流が変ったような気がする。潮の流れが変ると、なにをしてもうまくいかない。

会社では要求されないガ長で、家に帰れば粗大ゴミ扱いである。本当につまらないともう。このままガ長で停年になったら、いったい自分の人生はなんであったのか。

このまま終ってたまるかと自分を奮い起《た》たせようとするのだが、逆《さかさ》に流れている潮の中では虚しいあがきになってしまう。

家にまっすぐ帰ってもつまらないので寄道するようになった。ガ長の身分なので、そんなに高い店へ行くわけにはいかない。最初は忘年会の流れにだれかに連れて行ってもらったような気がするが、記憶が曖昧《あいまい》である。六本木の一画にある小さなスナックバーであった。止まり木が数脚にボックス席が二つ、十人も入れば満員になってしまうような店である。

店の者はママとバーテンダー二人だけである。ママの山添延子《やまぞえのぶこ》は、二十二、三歳の、さして美人ではないが、成熟した色気の吹きつけるような蠱惑《こわく》的な女であった。彼女の魅力で店は繁盛している。小さいながら店は借り物ではなく、彼女の所有であるという。

恐いスポンサーが付いているとか、家が地方の資産家で莫大《ばくだい》な相続分でこの店を開いたとか、あるいは与党の大物政治家の隠れた愛人で元国有地を分けてもらったとか、さまざまな噂《うわさ》が乱れ飛んでいるが、真偽は確かめられていない。

その延子がどういうわけか、赤阪に触れなば落ちん風情を見せる。彼女には「破れ傘」とか「二百三高地」とかいう渾名《あだな》がある。させそうでさせないや、落ちそうでなかなか落ちないに掛けているのである。

きっとだれにでも同じような風情を見せているのだろうと自分に言い聞かせていた。ある雨の夜遅い時間に店に行くと、珍しく他に客がいなかった。

彼女はとても喜んで、今夜は二人だけでゆっくりと飲みましょと言って、さっさと店を閉めた。そしてどこかへ連れて行ってと甘い声でせがんだのである。

どうした風の吹きまわしかとおっかなびっくりにエスコートすると、「今夜は帰りたくない」と言いだした。

ここまで迫られたら、破れ傘や二百三高地などと疑っていられない。その夜、赤阪は、彼女の肉体を得た。延子の躰《からだ》は想像した以上に素晴しかった。

一寸のたるみもない充実した肉体は、要所要所が小気味よくくびれて、女体の裸身の典型を示すようである。見事な体に、性的な構造が伴わずに失望させられることがあるが、これはまた外形以上に精妙で緻密《ちみつ》な一体感が得られて赤阪を感動させた。

男女の性器はだれとでも適合するが、必ずしもフィットしないと言われる。だが、延子と赤阪は望み得る最上のフィット感が得られた。

延子も激しく乱れて、喜悦の声をあげながら、「こんなの初めて」と口走った。

赤阪はこれまでついていなかった自分の人生の潮流が、その夜から順流に変るような気がした。

「困ったよ、跡を引きそうだ」

「私もよ」

「また逢《あ》ってくれるかな」

「逢ってくれなければ、殺しちゃうから」

と言って、彼女は満足した情事によって桜色に上気した裸の肌をすり寄せてきた。

だが延子はその夜一度しか許さなかった。赤阪が誘っても口実を構えて避ける。彼を決して嫌っているわけではない。彼が店へ行くと、二人だけにわかる淫靡《いんび》な笑み《サイン》を送ってくる。なまじその素晴しい体を一度あたえられているだけに辛《つら》い。

多数の客に囲まれて愛想を振り撒《ま》いている延子に、彼女を独占したときの奔放な痴態を重ね合わせて、余計切なくなってしまう。

そのときになって、彼女の渾名は、落とす前ではなく、いったん落とした後を現わしていたと悟った。

きっとあの夜は、だれかのピンチヒッターだったのだろう。約束したレギュラーの恋人が、急に都合が悪くなって来られなくなった。そこへ運よく行き合わせたのだ。

いまにしておもえばそれは「運悪く」と言うべきであろう。ただ一度だけで、閉め出されるのは残酷である。まるで砂漠で渇いた旅行者にたった一杯の水を恵むようなものだ。

たった一杯があたえられたがために、耐え難い渇きを誘い出してしまった。

「もう逢ってくれないのか」

他の客の耳を憚《はばか》りながら、小声で怨《うら》みがましくささやくと、

「とんでもないわ。私だって逢いたくてたまらないのよ。どうしてこうも悪い都合が重なるのかしら。きっと神様が私たちを嫉《や》いているのかもね」

と調子のよいことを、さして抑えもしない声で言う。

「ようよう、ご両人お安くないねえ」

と他の常連から、やっかみ半分にひやかされたほどである。

さんざん焦《じ》らした後で、延子は、

「温泉へ連れて行って」

と言いだした。

「本当に行く気があるのかい」

赤阪は半信半疑で聞いた。

「本当よ。たまには温泉にゆっくり浸って来たいのよ。そうねえ、信州の温泉なんかいいなあ。鄙《ひな》びた山奥の温泉で二人だけでゆっくり……うふふ、考えただけで楽しいわ」

延子は挑むような流し目を送った。赤阪の背中が期待でぞくぞくした。

「きみが本当に行く気があるなら、喜んでお供するよ」

「本当、嬉《うれ》しいわ。絶対行きましょう。せっかく行くんだから、静かな時期に行きたいわ。どこへ行っても人ごみだったら興醒《きょうざ》めだもの」

「きみの都合に合わせるよ」

「連休が終った五月の中旬から下旬は穴場だと言うわよ」

「信州というと二泊はしたいな。お店はどうする」

「もちろん休んじゃうわよ。どうせ行くなら平日の方が空いていていいわ。でも会社休めないわね」

「会社なんか二、三日休んだってどうということはないよ」

「そうね、アーさんほどになると、そのくらいの自由はきくわね」

実は会社から要求されていないので自由がきくのだが、なにも自分から「窓際」にいることを表明する必要もないとおもった。

二人の間で相談がまとまった。五月の第三木曜の夜から三泊四日で蓼科《たてしな》へ出かけることになった。宿の予約も取り、列車の切符も二枚買った。

延子もすっかりその気になって浮き浮きしている。

「今度は大丈夫だろうな。温泉に一人で膝小僧《ひざこぞう》かかえて泊まるなんて馬鹿みたいだからね」

赤阪はまだ信じきれない。延子と二人で温泉へ行くなどとは、幸せすぎて信じられないのである。

「なにおっしゃるのよ。それを言いたいのは私だわよ。当日になって奥さんが急病になったり、お子さんが熱を出したりしないでしょうね」

「女房が病気になっても、子供が熱を出しても行くよ」

「本当？」

「行くとも」

「じゃあ指切りげんまん」

なにやら逆になってしまったが、それだけ彼女も今度はその気になっているのだろう。

それでもなお信じ切れず、前夜、確認をした。

「あなたこそ大丈夫」

と延子のほうから嬉しい逆確認をされた。赤阪としては早い時間に出発したかったのだが、延子が早起きは弱いと言うのと、木曜日は早仕舞いして行きたいという希望を入れて、新宿を最終の急行で出かけることにしていた。目的地に着くのは深夜になるが、一泊増えるのだから文句を言えない。それにその夜、店へ迎えに行けるので、安全確実である。一応駅で待ち合わせることにしているが、彼は店まで迎えに行くつもりであった。身柄を確保してしまえばこちらのものである。

いよいよ当夜になった。退社後すぐにも店へ迎えに行きたかったが、それでは間がもたない。見たくもない映画を一本見て時間をつぶし、頃合いを測って店へ行った。

早仕舞いをすると言っていたが、こんなに早く店をしめるとはおもわなかった。彼女も張切っているのだろう。こんなことと知っていれば、もっと早く迎えに来ればよかったと悔やんだ。延子との温泉旅行で頭がいっぱいで映画は上の空で見ていた。

彼女の家に電話をしたが、応答がない。もう家を出たのだ。昨夜の様子ではかなり張切っていたから列車の時間にはまだ余裕があるが、家にじっとしていられなくなったのだろう。

そうとなればこんな所で時間をつぶしていられない。赤阪は車を飛ばして新宿駅へ駆けつけた。約束の構内西口の喫茶店へ行ったが、まだ延子は来ていなかった。出発時間まで二時間あるので心配していない。

喫茶店で小一時間は待ったが、まだ延子は来ない。周囲の客はおおかた交替している。赤阪はそろそろ不安になってきた。さらに三十分待った。客は完全に入れ替わった。店の電話がなる度に期待をかき立てられたが、べつの客の呼出しばかりである。

そろそろホームへ移動する時間が迫っている。もしかすると時間がなくなってホームへ直行するかもしれない。赤阪は店員に伝言をして店を出た。途中みどりの窓口の所ではっとした。延子に後ろ姿がよく似た女が立っていたからである。近づくと他人であった。プロポーションと髪の形がよく似ているが、表情に陰翳《いんえい》があり、全身に懶《もの》げな頼りなさがある。一種の「都会の憂鬱《ゆううつ》」を背負っているような女の様子は、夜の大都会の主要駅《ターミナル》の構内にピタリと嵌《はま》り込んでいる。

だが、赤阪にはそれに見惚《みと》れている余裕はなかった。かたわらを通り抜けるとき、女が窓口に向かって、「あのキャンセルはないでしょうか」と問いかける声が聞こえた。

彼女もこの駅からどこか遠方へ旅立つのであろう。手にハンドバッグと旅行バッグを下げている。

中央本線列車発車ホームへ上がったが、それらしき人影は見えない。やはり喫茶店でぎりぎりまで待てばよかったと悔やんだが、いまから店まで往復するのは、危険である。

列車はすでに入線していた。そうだ、彼女に乗るべき号車と座席番号をおしえておいたから、先に乗り込んでいるかもしれない。気を取り直してグリーン車の指定席車に乗り込んだが、やはり来ていない。

不安が急速に脹《ふく》れ上がった。いまにして店が閉まっていたのが、大きな不安材料になった。電話にも応答がなかった。旅行の支度のために早々と閉店したと自分に都合がよいように解釈していたが、他に急用が生じたのではないだろうか。

昨夜確認したときは、変更はあり得ないと大張切りであったが、その後になにか発生したのか。

赤阪は居たたまれなくなって、列車から出たり入ったりした。周囲の席はどんどん埋まっていく。夜、都会から遠方へ旅立って行く人たちには独特のムードがあるが、赤阪にはそれを観察している余裕はない。

ホームの先に、延子に似た人影が小走りに来たので、やれ嬉しやとおもう間もなく、みどりの窓口ですれちがったあの女性であった。どうやら同じ方向へ行くらしい。キャンセルにありついたのか、それとも自由席で行くつもりなのか。

自由席はかなり混んでいたから、いまからでは座席にはありつけないだろう。ホームを乗客が走り始めている。見送人が列車から下りた。発車時間が迫っている。発車ベルが鳴りだした。彼女の姿はまだ見えない。もうホームには見送りの人しか立っていない。

赤阪は迷った。前にも延子に言ったように温泉旅館の二人用部屋で、膝小僧をかかえているほど侘《わび》しくみじめなことはない。

(なにが女房が急病になったり、子供が熱を出したりしないでしょうねだ。調子のいいことを言いやがって)

赤阪は危惧《きぐ》が的中したことを呪《のろ》った。だがまだ希望がなくなったわけではない。延子は宿を知っている。後から宿の方へ追いかけて来るかもしれない。あるいはなんらかの連絡があるかもしれない。連絡さえつけば、なんとかなるだろう。

発車ベルは鳴りやんだ。逡巡《しゅんじゅん》をしている間に、列車は動き始めた。列車はたちまち加速して、ホームを振り切り、新宿のきらめく電飾の海の中から暗い方角へと這《は》い出していた。

赤阪はこの光景を延子と一緒に見たかった。そのとき彼を窓際に追い込んだ会社と、粗大ゴミ扱いをした妻に対して、ほんの一時ながらささやかな反旗を翻せるのだ。

だがやはり反旗は上げられなかった。周囲の座席は楽しげな乗客で埋まっているのに、赤阪の隣りだけが洞のように空いている。

車掌がまわって来た。そのとき車掌を追うようにして例の「みどりの窓口の女」が来た。

「あのう、どこか空いてないでしょうか」

彼女は車掌に問いかけた。自由席からアブレたのであろう。

「弱りましたね、今日は生憎《あいにく》満席なのです」

車掌の手持ち席も売りつくしてしまったのであろうか。それとも同様のリクエストが多すぎて応じきれないのか。彼女は途方に暮れたように立ちすくんだ。最終の急行なので、みな遠方まで行く乗客らしい。

彼女はとぼとぼと通路を歩きかけた。手の旅行バッグが重そうである。赤阪は少しためらってから、おもいきって後を追いかけた。通路出入口の手前で追いつくと声をかけた。

「突然不躾《ぶしつ》けですが……」

女は怪訝《けげん》そうな表情をして振り返った。近くで見ると彫りが深く、陰翳《いんえい》がさらに濃い。切れ長の目の愁いが、困っているときだけに強調されているようである。

「実は来る予定だった連れの者が急に来られなくなりまして、席が一つ空いております。よろしかったらお使いになりませんか」

「まあ」

女は、束の間観察の目を赤阪に向けたが、すぐに救われたように表情を明るくした。赤阪の折目正しい服装と言葉遣いに安心したらしい。

「どうぞ」

赤阪は彼女の安心にすかさずつけ込んだ。

「本当によろしいのでしょうか」

女はおずおずと問い返した。

「どうぞ。どうせ空いている席ですから。べつに変な下心はもっておりませんから」

「そんな下心なんて。本当にたすかります」

女は、ホッとしたように言った。赤阪の隣りの席に就くと、

「それではお言葉に甘えて、お譲りいただきますわ」

　と財布を取り出すような素振りをしたので、

「あ、どうぞ。この席は差し上げます。さしつかえなかったら、お使いください。ただし、私は茅野《ちの》までですので、それから先はべつの人が乗って来るかもしれませんが」

「でも悪いわ」

「お金をいただくくらいなら声はかけません。あなたが座ってくださらなければ、無駄になってしまう席です。ご負担はかけません。お寝《やす》みになりたければ、お寝みになっていってください」

　それとなく、同行者を失った旅の退屈しのぎの話相手にする意図のないことをにおわせた。

「それではお言葉に甘えさせていただきますわ」

「よかった。これで席を無駄にせずにすみました。こんな混んでいるときに、隣りが空いているというのも気になるものです」

「本当にたすかりましたわ。この調子では甲府《こうふ》の先へ行かないと空かないと覚悟をしていたところです」

「遠方まで行かれるご様子ですね」

　行先を聞きたいところを抑えた。下心はないと大見得を切った手前もある。

「実はこれから行先を決めようとおもっています」

女ははにかんだように笑った。歯並びが美しくピンク色の健康な歯ぐきが艶々《つやつや》と光った。

「え、これから？」

赤阪は驚いた。若い女が行先を定めぬまま一人で旅立つのはかなり大胆である。

「こんな旅を前からしてみたいとおもっていたのです。行先も定めぬまま、行き当たりばったりの列車に乗って、気が向いた所で下りて、足の向くままに歩いて……でも最初からつまずいちゃったわ」

彼女はいたずらを見つけられた子供のように首をすくめて、舌先をチロリと覗《のぞ》かせた。そんなところは意外に稚《おさな》い表情を留《とど》めている。

「ロマンチックな旅行ですねえ」

女にしては危険が多すぎると言いたいところを控えた。それこそ「余計なお世話」というものである。

「茅野までとおっしゃいましたわね」

「蓼科へ行くのです」

「私も前から一度行きたいとおもっていた所だわ。蓼科には温泉も豊かだし、白樺湖《しらかばこ》とか、女神湖《めがみこ》などというロマンチックな湖もあるんでしょう」

よかったらご一緒にとは、この段階では言えない。だが、彼女のおかげで延子にすっぽかされたことを忘れている。女として甲乙つけ難いが、延子が成熟した色気の塊りのようであるのに対して、彼女には翳《かげり》の濃い女の謎《なぞ》を籠《こ》めたような男心をそそる蠱惑《こわく》がある。

「申し遅れましたが、私はこういう者です。これもなにかのご縁とおもいます」

会話の切れ間を測って赤阪は名刺を差し出した。世間的には一応名の通った社名である。課長の肩書きは部外者にとってはその実態はわからない。この名刺は第三者に対してかなり信用度がある。案の定彼女は、彼の名刺に信頼度を増したらしい。

「私こそ申し遅れました。深草美那子《ふかくさみなこ》と申します。よろしく」

名乗っただけで、住所や職業については言及しない。行きずりの旅行者であるから、それ以上立ち入るためには、もっと時間が必要である。

「あなたのような美しい方がお一人で行先を定めず旅行をされるのは、勿体《もったい》ないことですねえ」

名乗り合ったところで、うっかり本心が覗いてしまった。

「まあ、お上手ですこと」

美那子は、赤阪の言葉に含まれた下心を察知したか、しなかったか、それともとぼけたのか、微妙な受け応《こた》えをした。

「茅野から先、席が空くとよろしいですが」

赤阪はそろりと誘導の糸を引きかかる。美那子が先刻蓼科に示した色気に鉤《はり》を引っかけて、手繰り寄せたい。

「甲府まで行けば、かなり空きますわ」

美那子は赤阪の魂胆を見すかしたようなことを言った。

「あなたが乗っていらっしゃると知っていれば、終着まで切符を買っておけばよかった」

「茅野まで行けば、それから先乗って来る人はいないわ」

口調がだいぶ親しくなった。

「いくら行先を定めぬと言っても、中途半端な駅に下りると、車もないし、宿も見つかりませんよ」

「この列車はどこまで行くのかしら」

美那子の面に少し不安の色が塗られた。

「松本へ着くのが、午前四時ごろ、終着の南小谷《みなみおたり》が明日の六時ごろになります」

「南おたりってどの辺にあるのですか」

「大糸線の北の方です。日本海に近く白馬岳《しろうまだけ》の麓《ふもと》ですよ」

「白馬岳、山を見に行くのもいいわね」

鉤がはずれかけた。

「いまはスキーも登山も季節はずれですよ」

「温泉はあるのかしら」

「小谷に温泉がありますが、蓼科の方が近くて豊かです」

「私も蓼科へ行きたくなったわ」

風向きがよくなってきた。

「ぜひいらっしゃいと言いたいところですが、下心がありそうなので、遠慮しましょう」

「もしさしつかえなかったら、私も蓼科へ行きたいわ」

「本当ですか」

「本当のことを言うと、旅に憧《あこが》れて飛び出して来たものの、心細くて仕方がなかったんです。終着まで行ってもすぐ折返しUターンしたでしょうね」

「だから勿体ないと言ったんです」

風向きがますますよくなったので、本音が出てくる。延子のことは完全に忘れられている。こんな憂いを含んだ行きずりの美女と連れ立って温泉へ行けたら、その事実だけで、つまらない日常に対する立派な反旗となる。

「この旅行を勿体なくしないために、ご迷惑でなかったら、蓼科へ同行させてくださらない」

美那子は柔らかく掬《すく》い上げるような目を向けた。

「迷惑なんて少しもおもいません。光栄です」

「夜になったら大蛇になっているかもしれないわよ」

美那子は挑むような目を向けた。その目に籠められた謎は深く、淫《みだ》らな含みがあるようである。赤阪は誘導しながら混乱していた。こんなことが現実に起きるとは信じられない。

このころから赤阪に、もしかしたらという気持が起きてきた。最初は困っている彼女に虚心に声をかけた。そのときは妙な下心はまったくなかったので、赤阪にしては珍しく大胆な行為ができたのである。

だが、瓢簞《ひょうたん》から駒《こま》が出そうな気配がしてきた。考えてみれば若い女が行先も定めず、一人旅へ出るというのも、大胆と言うより無謀である。彼女も、パートナーにすっぽかされたのではないのか。それとも、失恋した痛手を癒《い》やすための旅か。どちらにしてもとりあえずの寂しさを埋めてくれる男が欲しい心境になっているかもしれない。そこにうまくつけ込めば、ひょっとすると、ひょっとするかもしれない。

「夜になると大蛇になる」とは、釈《と》りようによってはかなり露骨な挑発である。安珍《あんちん》を焼きつくした清姫《きよひめ》という隠喩《いんゆ》か。こんな美しい女に焼かれてみたい。

「うふふ」

独りのおもわくに耽《ふけ》った赤阪を覗き込んで、美那子が含み笑いをした。

「なにか顔に画いてあるのかな」

「当ててみましょうか」

「なにを？」

「本当はこの席に他の女の人が座る予定だったんでしょう」

言い当てられて咄嗟《とつさ》に返す言葉に詰まった。

「ごめんなさい。余計なことを言って。きっとあなたも私に同じようなことを考えているかもしれないとおもって先手を取ったのよ。でも私は初めから独りの旅よ。赤阪さんと知り合えてよかったとおもっています」

「ぼくもです」

二人はたがいの目を見合った。その目の色にアダルトの男と女の了解が成立している。だが、場数を踏んでいない赤阪は独り合点ではないかと危惧《きぐ》している。

乗客がぱらぱらと立ちかけた。大月《おおつき》へ近づいているらしい。

第二章　行きずりの乗客

1

塩沼弘子《しおぬまひろこ》は死ぬための旅へ出た。夫を交通事故で失って間もなく、ただ一人の忘れ形見を暴走車に轢《ひ》き逃げされてしまった。当分立ち上がれそうもなかった。

全身から気力が放散して、なにをする気にもなれない。夫を失ったときも大変な打撃であったが、生まれて間もなかった我が子が支えてくれた。自分がしっかりしなければこの子は生きていけないとおもうと、いつまでも悲嘆の底に沈んでいられなかった。

母性本能が悲嘆に打ち克《か》ったのである。だが今度は拠《よ》って立つべき母性本能を粉々に打ち砕かれてしまった。この先をなにを支えに生きていけばよいのか。

「あなた、私どうしたらよいの」

二つ並んだ位牌《いはい》に話しかけても、なにも答えてくれない。二人の写真は辛《つら》くなるばかりなので飾らない。

時間が経過するほどに辛くなった。独りの生活は家族単位の暖かい生活を知った者には耐えられない。悲しい記憶が風化するどころか、胸の空洞を押し広げるばかりであった。

弘子は、勤め先のブティックから休暇を取って旅行に出た。

べつにどこへ行く当てもなかった。行き当たりばったりの旅行をして旅費が尽きた所で帰って来るか、それとも気に入った場所があったら、そこで死んでもいいというような投げやりな気持である。

特に行きたいという場所もなかったが、信州の美しい風光を、写真や駅のポスターで見かけたことがあった。なんとなくその方面へ行ってみようかという気になって新宿駅へやって来た。

もちろん列車の切符も取っていないし、宿の予約もしていない。そんな旅行の準備をする余裕があれば、旅行に出る必要もない。

新宿の雑踏の中を放心して歩いている間に、時間が遅くなってしまった。

心虚《うつ》ろなまま、歩くのに一番よいのは、人混みの中であることをこのとき初めて悟った。

夥《おびただ》しい人間が群れていても、一人一人がみな自閉の殻の中に閉じ籠《こも》っている。他人に干渉させないかわりに自分でも干渉しない。

人間の海の中で弘子はたった一人になれた。彼女がどんな悲嘆をかかえていようと、彼らには関係なかった。人間がそこにいながら、たがいにいないのと同じである。

夜が更けても、ネオンのどぎつい新宿に泊まる気はしなかった。終列車へ乗れば明日の朝は信州の風景の中にいる。

そうおもうと今夜のうちに東京を離れたくなった。新宿駅へ来ると、最終の信州行き急行に、まだ多少間があった。指定席は売り切れていたが、自由席にありつけた。もしかすると二度と帰って来ないかもしれない新宿の灯を車窓に映して列車は出発した。

2

北浦良太は何度も車を乗り換えて、大まわりをして新宿駅の前へ来た。べつに新宿駅前へ来るつもりはなかった。何台目かの車から下りた所が、たまたま駅の前であっただけである。

そろそろ夜の遅い時間帯にさしかかろうとしているのに夥しい人群がぞろぞろ歩いている。彼らは北浦にまったく無縁な人間たちでありながら、北浦を疑っているようである。

北浦がいまどこでなにをして来たか知っているようなのだ。無縁の群衆の表情がこれほど無気味に迫って見えたことはない。

とにかく逃げ出さなければならないとおもった。司直の追及を振り切るために、今夜のうちにできるだけ遠方へ逃げるのだ。自首するつもりだったので、外国へ逃げる用意はしていない。

だが事情が変った。自首はできなくなったのである。ともかくこの場は逃げて時間を稼《かせ》ごう。その間に今後どうすべきか考えるのだ。

いま捕まったら、男を上げるどころか、とんだドジ男になってしまう。どこへ逃げようという当てもなかったが、たまたま車を下りた所が、新宿駅前というのはなにか意味を含んでいるような気がした。

信州方面行きの最終急行列車がホームに入っていた。懐中に大金があったが、グリーン車両は避けた。もっとも満席のようであったが、自由席の方が目立たないようにおもえた。

車内はかなり混んでいたが、座席にありつけた。

座席におさまったものの、列車はなかなか出発しない。どんなに焦っても時間がこなければ出ないのに、彼は居たたまれないおもいに駆られた。いまにも刑事が手錠を構えてやって来そうな気がした。

（出ろ、早く出ろ）

北浦は口中につぶやきつづけた。彼の危険な気配がわかるのか、混んでいる車内で彼の隣席だけがポッカリと空いていた。

「あのう、こちらよろしいでしょうか」

突然声をかけられて、ギクリと目を上げると、若い女が立っている。スーツケースを下げて旅行姿である。整ったマスクをしているが、悲しい旅行なのか、表情が曇っている。色が白く、目が大きい。その目が深い悲しみの色に厚く塗り込められているように見える。

北浦は、一瞬にそれほど深く観察したわけではない。だが、彼女の目に塗り込められた悲しみが、北浦の身辺に漂っている危険な気配を見過ごさせたのかもしれないと後でおもった。

「どうぞ」

と北浦は言った。彼の隣席だけが空いていると目立つ。

それだけの会話を交わしただけで彼らは自分の中に閉じ籠った。逃亡や悲しい旅行に道連れは不要である。行く当てのない乗客を乗せて終列車は発車した。時間が遅いので、ホームに見送人の数も少ない。電飾の溢《あふ》れる街から、一路暗い方角へ向かう列車が、彼らの人生を象徴しているようであった。

3

列車が茅野へ着いたのは午前三時過ぎである。こんな遅い時間にタクシーはないが、連絡してあったので宿の車が迎えに来てくれていた。東の方にかすかに暁の気配が揺れているが、山の方角はまだ厚い闇《やみ》の底に閉じ籠《こ》められている。山の未明の冷気が二人を押し包んだ。都会では初夏でも山ではまだ季節が若い。

「寒いわ」

美那子《みなこ》がごく自然にピタリと寄り添った。迎えの者は、予約をした「本来のカップル」とおもい込んでいる。それを敢《あ》えて否定する必要もない。

車は小さな家並みをたちまち走り抜けて緩やかな勾配《こうばい》を少しずつ高度を上げて行く。高度が上がるにつれて、屈曲が多くなった。空は明るくなっていた。爽やかな夜明けである。

カラ松が姿を現わし、林間に瀟洒《しようしや》な別荘やペンション風建物が隠見する。車は、間もなくバス道路から逸《そ》れて、流れに沿った私道へ入った。上りつづけて来た道が下降にかかり、橋を渡ると、ホテルの前の広場へ出た。

早朝の朝靄《あさもや》に包まれて、全館まだ深い眠りの底にあるようである。それでも彼らの到着に備えて玄関は開いている。

フロントで番頭らしい年配の男が迎えてくれた。こんな早い時間の到着客もそれほど珍しくないのか、にこやかな応対である。

エレベーターで数階上り、長い廊下を導かれて通された部屋は、広場に面した和室である。東の空はすっかり明け放たれて、空が金色に染まっていた。遠方に高い山がわずかに覗《のぞ》いている。南アルプスの山脈らしい。

「お疲れでしょう。すぐお寝《やす》みになれるようお床の用意がしてございます。お風呂がよろしければいつでもお入りになれます。お部屋にもバスルームがついております」

番頭は説明した。

「あのう、ぼくたちは……」

と言いかけた赤阪を、美那子が目顔で抑えた。番頭が立ち去ると、

「いいんですか、同じ部屋で」

と赤阪はおずおずと聞いた。

「いまさら列車の中で知り合ったとは言い難《にく》いでしょう」

「まあ、それはそうだけど、弱ったなあ」

赤阪は並べて用意されている二組の夜具に眩《まぶ》しげな目を向けた。

「あなたさえさしつかえなければ、私はかまわないわ」

ここまで来てしまうと女の方が潔い。

「とにかく一風呂浴びましょうか」

「私は部屋のバスルームを使わせていただくわ」

「それじゃあ、ぼくは大風呂へ行って来ます」

赤阪は宿の浴衣《ゆかた》に着替えた。奇妙な成行きから行きずりの女性と温泉へ来てしまったが、いまだに信じられない。こんなことが本当にあるのか。彼女は夜になると大蛇になるかもしれないと言ったが、本当に狐か狸が化けているのではないのか。

大風呂には湯気が籠り、溢れる湯の音のみが高い。滝の湯川という流れに沿いその名を取った温泉だけに湯量は豊富である。

だがせっかくの温泉でありながらおちおちと入っていられなかった。部屋へ帰ったら、彼女が居なくなってしまうような気がした。この早朝どこへも行くはずがないのに、この成行きが信じられない。こんなうまい話があるはずはないとおもっている。

早々に風呂から上がり部屋へ帰ると、美那子が浴衣に着替えて、髪を梳《す》いていた。浴衣姿が艶《つや》っぽく湯上がりの肌が眩しい。湯の香が肌からかぐわしく立ち昇る。

「あら、早かったのね」

美那子が少し驚いた目を向けた。赤阪が帰って来るまでに化粧を直しておくつもりだったのであろう。

「風呂へ入っている間にあなたがいなくなってしまうような気がして、おちおち入っていられなかったんです」

　赤阪は正直に言った。

「私がどこへも行くはずないじゃありませんか。途中で消えるくらいなら、初めから一緒に来ないわ」

　美那子が怨《えん》ずるように言った。

「いまだに信じられないおもいなんです」

「それじゃあつねってあげましょうか」

　美那子がつと指をのばして赤阪の頰《ほお》を軽くつねった。

「痛いな、やっぱり夢ではない」

「もういいかげんに信じて」

　赤阪の頰をつねった手がそのまま彼の肩におかれた。どんな体位にも移れるように全身の力を抜いている。浴衣の下にはなにも着けていないらしい。

　赤阪は、かぐわしい女体を抱きしめていた。湯に温められた体温が、通い合う。欲望が体の深部から衝《つ》き上げてきた。二人は唇を合わせた。合わせたまま、少しずつ床の方に移動する。

　ようやく床の縁にたどり着いて、姿勢を傾ける。女体を最も料理しやすい体勢に折り敷いたとき、柔らかな抵抗がきた。

「待って」

美那子が喘《あえ》ぐように言った。

「どうしたの」

この期に及んで、なにを待つのかという不審がある。

「恥ずかしいわ」

朝の新鮮な光が室内を満たしている。先刻朝焼けの空を見るためにカーテンを開けたままであった。

「カーテンを引こうか」

赤阪の声は欲望でかすれている。

「おねがい、暗くなるまで待って。少し疲れているの。私たち初めてでしょ、最高の状態で欲しいのよ」

美那子がささやいた。いまが最高の状態だと言いたかったが、強制はできない。

「ねえ、食堂へお食事に行かない。朝の光の中でコーヒーを喫《の》みたいわ」

美那子から誘われて、胃の腑《ふ》が空虚であるのをおもいだした。初めての女性と朝の食堂でさし向かいで食事を摂《と》るのも悪くない。

なんとなくお預けを食わされた形であるが、楽しみを先へ延ばしたとおもえばよい。朝の食堂は活気があった。週休明けの比較的空いている時期であったが、食堂には結構客がいた。連休中休めなかった人や、ゴールデンウイークの混雑を敬遠した人たちであろう。

食堂へ入ると美那子に視線の集まるのが感じられた。その中には同性の目もある。仕立ての粋《いき》なスーツをぴたりと着こなし、化粧を直した美那子の姿態は、朝の食堂で一際目立つ。

昨夜の不眠の疲労はまったく感じられない。列車の中で見かけた愁いがちな表情も、朝の光の中に凛々《りり》しく引き締まっている。男たちは彼女の瑞々《みずみず》しい艶っぽさを、かたわらの赤阪に重ねて、昨夜の満足すべき房事のおかげと、想像を逞《たくま》しくしているようである。

その想像を上まわるようなことを今夜してやるぞ――と赤阪は自分に言い聞かせた。

ゆっくりと食事を摂って部屋へ帰って来ると、ホッとした。急に疲労が引き出されて、睡魔が襲ってきた。

「少し寝みましょうか」

美那子も同じとみえて、あくびを嚙《か》み殺したような声で言った。カーテンを引き、並べられた床へ入ると、

「お寝みなさい」

「お寝み」

「たっぷり寝てね、今夜寝かさないから」

美那子は大胆なことを言った。

4

目を覚ますと、午後になっていた。ぐっすり眠ったので、心身共に爽快《そうかい》な目覚めである。

「あら、お目覚め」

窓際のソファから美那子の声がかかった。

「起きていたのですか」

「少し前にね」

寝起きのリフレッシュした身体で、もしかすると、美那子の許容にありつけるかもしれないという思惑は、はぐらかされた。

まだ午後の早い時間である。歴史のある熟練したカップルならば、時間が足りないくらいであるが、知り合ったばかりの二人にとって、夜までが長すぎる。

「ねえ、お散歩に行かない」

赤阪の思案を見透かしたように美那子が誘った。ちょうど午後の傾きかけた太陽が、新緑の森に魅力的な影をつくっている。白樺《しらかば》の点在するカラ松の林の中を美那子と散歩する楽しさをおもった。もう山添延子のことは完全に忘れられている。彼女が後から追いかけて来る可能性は考えていない。その気があれば、なんらかの連絡があるはずである。

蓼科高原は車道が縦横無尽に走っていてつまらない高原という印象が一般的になってしまったが、一歩車道から逸れれば豊かな自然が息づいている。

二十数軒の旅館と六百を超える寮と別荘も広大な蓼科山の南西斜面に散らばって、林間を彩る瀟洒な点景になっている。ここは原初の自然ではなく、人間が関わっている自然である。その意味でもはや本来の自然ではない。

人間の踏み固めた道が四通八達し、車や人の気配が聞こえてくる。どうかすると、林の間にコーヒーの香りが漂って来る。その香りに惹《ひ》かれて歩いて行くと、突然林が切れて都会的なレストランやコテージが現われる。こういう自然の方が、現代のヤングに好まれるのであろう。ここは人工の自然であり、都会の延長であった。

どんなに林の奥へ分け入ったつもりでも、道を失う不安はない。それでもなるべく、人と車の気配から逃れるために山気の深い方角へ歩いて来ると、道が次第に細くなり、樹林の密度が濃くなってきた。水の流れも遠ざかっている。

歩みを停めると、鳥の声もなく鼓膜を圧するような静寂《しじま》が支配する。重なり合う樹葉が濃い影をつくる。その中に白樺の白い木肌が浮き上がる。

時々意外な近さに人声のような音を聞いてはっとさせられるが、それは梢《こずえ》を渡る風の音であった。新緑の林には弾み立つエネルギーが内攻していて、若い群像の息吹のようである。

二人は寄り添って歩いた。森が深くなるにつれてその密着感は強まった。どちらも引き返そうと言わなかった。新緑の森の中には、どことなく猥褻《わいせつ》な雰囲気がある。森自体が猥褻なだけでなく、そこに踏み入る者をそんな気分にさせる。

緑のカーテンが柔らかな隔絶感と、妄想をうながすのである。美那子の様子に、赤阪は期待感を心に育てはじめている。

「静かね」

立ち停まって、風の音に耳を澄ました美那子は静寂の圧力に耐えかねたようにささやいた。人の耳を憚《はばか》る必要もないのに、声が小さくなっている。

「こんなことを言うといやらしいとおもわれるかもしれないけど、いまが最高の状態だとおもわない」

赤阪が彼女の耳許《みみもと》にささやき返すと、

「あら」

と頬を薄く染めた。大胆な言動に似合わずそんなしぐさは初々しい。

「あなたがいやなら無理強いはしないけど」

「あなたっていやらしいのね」

軽くにらんだ目に拒否はない。赤阪はすかさずつけ込んだ。一際濃い緑の影をつくっているあたりへ美那子を誘い込むと、

「凄《すご》い刺戟《しげき》的だわ」

ともう喘《あえ》いでいる。部分の剝脱《はくだつ》を行ない、慌《あわただ》しく抱き合う。

「私、こんなの初めてよ」

「ぼくもだ」

「とてもおいしいわ。でもここでは軽くつまむだけにしておかない。メーンディッシュはホテルへ帰ってからゆっくり。その方がもっとおいしいわよ」

「頭に血が上りっぱなしだけど、より刺戟的であることは確かだね」

彼らはたがいの体にわずかに接触しただけで欲望にブレーキをかけた。奔流のような本能に逆流する抑制は、マゾヒスティックな快感をあたえた。一種の倒錯した官能であるが、欲望の迸《ほとばし》るのに任せる若い一途《いちず》な情交よりも、はるかに高度な大人《アダルト》の情事であった。

体を離すときに痛みすらおぼえた。その痛みが官能をうながす。

「凄いわ、凄いわよ」

美那子はまだ興奮が醒《さ》めやらない。彼女も初めて知った官能の変態なのであろう。だが欲望は果ててしまえばそれまでである。アンコールはあっても、回を重ねるほどに内容が

薄くなるのを避けられない。

だが、欲望の奔流を抑えてその達成を先へ引き延ばすほどに、欲求不満が蓄えられ、期待がうながされる。しかも望むならば、すぐにも叶《かな》えられる位置に欲望の対象がおかれている。こんなにハッピイで豪勢な抑制はない。

それこそむしろ男女本来の官能の形である。木漏れ日が美那子の身体をだんだらに染めて、揺れている。日の位置がかなり移動している。森の奥が杳然《ようぜん》と烟《けぶ》ってきた。

「そろそろ帰りましょう」

折り敷かれた体位から立ち直った美那子に羞恥《しゅうち》がよみがえってきたらしい。

宿へ帰って来ると、黄昏《たそがれ》の気配が迫っていた。二人は猛烈な空腹をおぼえた。考えてみれば昼食を抜いている。

「間もなくお夕食の時間だからがまんしましょうよ。そのほうがおいしいわよ」

美那子が森の中の〝接触〟に引っかけて言った。わずかな触れ合いであったが、二人はもう「他人」ではなくなっている。

一風呂浴びている間に夕食の時間になった。夕食はべつの和室に用意されてあった。信州の山の幸を中心に食べ切れないほどの品目と分量である。

満腹して帰って来ると、新たに夜具の用意が整えられてある。二人はたがいの目を見合った。いよいよ情事の主皿《メーンディッシュ》が始まるのである。コースはすでに始まっているので、未知の不安と緊張は取り除かれている。その分、欲望の内圧が高まっている。

言葉はすでに不要になっていた。宿の浴衣《ゆかた》に着替えているので最終体位のための剝脱も必要ない。彼らはたがいの体に武者ぶりつくようにして夜具の中にもつれ込んだ。

すでに身体の隅々まで燃え広がっていた欲望の下火は、完全燃焼を求めて一気に燃え上がった。女の方からうながしている。このような場合、男の方が先へ進みがちであるが、むしろ赤阪が先行する美那子を懸命に引き留めている。

「私、もうがまんできないわ」

男女共に熟練している場合は、女の方が怺《こら》え性がない。女からうながされて、男に優越をあたえ、それが自信と余裕となっている。何度か女の手綱を引きしめ、彼我の呼吸が合ったところで一気に登りつめた。

それは豪快な達成であった。これまで意志とテクニックによって巧妙に引き延ばしてきた官能の沸騰点を一挙に突き上げ、最高限の枠を突き抜けるように駆け上った。

終った後もしばらく女体から小きざみな震えが止まらない。小きざみな震えの後にびくっと大きな痙攣《けいれん》がくる。ものも言えない。放心の中に虚脱して開け放した躰《からだ》を立て直すこともできない。

「私……」

美那子がようやくかすれた声を出した。

「大きな声を出したかしら」

なにをいまさらとおもったが、

「いやべつに」

と赤阪はとぼけた。

「恥ずかしいわ」

美那子は赤阪の胸に顔を埋《うず》めた。彼女の経歴や職業については一切聞いていないが、大胆な言動の割にすれていない。躰も十分成熟しており、男の開発が感ぜられるが、悪達者ではない。

その夜は彼女の言葉のとおり、ほとんど夜を徹してたがいを貪《むさぼ》り合った。四十代後半の赤阪が少しも衰えることなく、何度もよみがえっては、二十代前半と見える美那子と互角に渡り合った。そしてその都度喜悦の声を上げさせた。

二人が疲労困憊《こんぱい》して眠りに落ち込んだのは、明け方である。両人共完全に燃え尽きていた。

彼らは翌日の午《ひる》、旅館を発った。予約はもう一泊残っていたが、美那子が帰ると言いだしたので、赤阪一人留《とど》まる理由がなくなった。

美那子が帰ると言いだしたのは、満足したからである。赤阪にしても、最後の欲望の一滴まで排《は》き尽くした。食欲はまだあったが、胃袋が満杯という状況である。

二人は新宿まで一緒に帰って来た。列車が新宿に近づいたとき、赤阪は未練を籠《こ》めて、

「また逢《あ》ってもらえるかな」

と言った。

「もちろんよ」

美那子の口調はしっかりしている。

「きみの連絡先をおしえてもらえないだろうか。せめて電話番号だけでも」

「ごめんなさい。ちょっとまずいのよ。私の方から必ず連絡するわ」

「必ず連絡してくれるかい」

赤阪は不安を抑えられない。

「必ず連絡するわ」

「きみから連絡がこないかぎり一方通行だからね」

「大丈夫、必ずするわよ。私だってこのまま逢えないなんて耐えられないもの」

「その言葉を信じて待っているよ」

「有難う。とても楽しかったわ」

美那子は目に精いっぱいの情感を籠めて言った。

列車は新宿のよみがえったばかりのネオンの海の中に滑り込んでいた。また日常の中へ戻って来たのであるが、この二昼夜の日常に対する反乱の戦果は大きい。

第三章　殺害された恋の手がかり

1

列車が松本に近づくと、多数の乗客が下車の準備を始めた。列車は松本から北アルプスに沿って大糸線を北上して行くが、ここで大半の乗客を失ってしまう。

北浦良太はどうしようかとおもったが、隣席の女が身じろぎをしたので、自分も下りることにした。終着のうらぶれた駅まで一人乗って行くのは侘《わび》しい。

新宿以後、言葉を交わしていないが、数時間同じボックスの席で来たので、なんとなく連れ立ったような意識が生じている。女の心細げな様子も、北浦の心を引いた。松本で迎えの人間が来ているかもしれないが、女の後に従《つ》いた形で、列車から下りてしまった。

大きなリュックを背負った登山者は、二両編成のローカル線の電車に乗り換えて行く。行先の表示には「新島々《しんしましま》」とある。彼女は頼りない足取りで登山者の後から電車に乗り込んだ。北浦もその後につづいた。女に迎えの者はなさそうである。

登山者は本格的な山へ登るらしく、ピッケルをもち重装備を施している。登山者で小さな電車はほぼ満席となった。

電車は間もなく発車した。空は白々と明け放たれ、車窓から朝焼けの空に高い山が見えた。登山者がしきりに山の名を言い合っている。その中に北浦も聞いたことのある穂高《ほたか》とか常念《じょうねん》などと言う名前もあった。だが北浦にとっては重畳たる山脈でしかない。

それらの山が車窓から見えるのかどうかわからなかったが、彼らが志す山の名もあるらしい。電車は野面の小さな駅に停まりながら山の方角へ近づいている。高い山が前山のかげに隠れている。

登山者の一人が新聞を広げている。まだ駅の売店は開いていないので、東京で買ってきた昨夜の夕刊であろう。ちょうど開かれた社会面を覗《のぞ》き見たが、北浦の探す記事は見当たらない。

昨日、夕刊の締め切り時間には、まだ事件は発生していなかったのだ。今朝のテレビかラジオで報道されているかもしれない。

2

赤阪は新宿駅で深草美那子と再会を約して別れた。別れてから、彼女の荷物が一個自分の方へ来ていたことに気がついた。紙袋で、旅先で買った土地の土産物が入っている。慌てて追いかけたが、すでに夥《おびただ》しい人の海の中へまぎれ込んだ後である。

中を探ると土産物の中に読みさしらしい一冊の小説本があった。頁の間に栞《しおり》の形で一枚の名刺がはさみ込まれてあった。名刺には「大幸《だいこう》商事社長、大中和幸《おおなかかずゆき》、渋谷《しぶや》区大山町××」の名前と住所が刷り込まれてあった。この人物が美那子にどんな関わりをもっているかわからないが、彼女の素姓の唯一の手がかりであることは確かである。ようやく山添延子のことが気になったが、いまさら電話をする気にもなれない。

蓼科の土産は家へ持ち帰ることはできないので、とりあえず駅のロッカーに預けて帰宅した。いささか面映《おもは》ゆい気持で玄関へ入ると、妻が血相変えて出て来た。

「あなた、いったいどこへ行ってたのよ」

彼の顔を見るなり妻は言った。一瞬ギクリとしながらも、さあらぬ体で、

「どこへって出張に決まってるじゃないか」

「嘘《うそ》おっしゃい！　会社の人に問い合わせたら、あなたに出張の予定なんかないと言った

わよ」

「問い合わせたのか」

赤阪は愕然《がくぜん》とした。まさか妻が彼の行先にそれほどの関心をもっていようとはおもわなかった。アリバイ工作がバレたとなると、開き直るしかないと覚悟すると、

「あなたが立ちまわりそうな先を八方手分けして探したわよ。いったいどこに雲隠れしていたのよ」

「わずか一晩や二晩留守にしたくらいで、なにを大袈裟《おおげさ》に騒いでいるんだ」

これまでも夫の行方などにまったく関心を示さなかった妻である。

「今日刑事が来たのよ」

「刑事だって？　なにしに」

刑事に探されるような憶《おぼ》えはない。

「なんでもあなたが親しくしていたホステスが殺されたんですって。それでホステスと多少とも関わりのあった客は、すべて調べていると言ってたわ」

「ホステスだと？　なんという名前のホステスだ」

まさかというおもいが脳裡《のうり》をかすめた。

「たしか山添ノブ子とかノン子とか言ってたわ。まさかあなたが殺したんじゃないでしょうね」

妻の目の色が疑っている。

「馬鹿、なんてことを言うんだ」

赤阪はおもわずどなりつけた。どなりつけることによって動転を隠そうとしている。

「だってなんの関係もなければ、刑事が来るはずがないでしょ」

妻は夫の浮気よりは、自分が殺人犯の妻になることをひたすらに恐れている。

「ただの客とホステスの関係だけだ。多少とも関わりのあった者を調べていると言ったじゃないか」

「でもあなたの行方をしつこく聞いていたわよ。それはアリバイ調べというやつじゃないの。容疑の濃い人間に聞くんでしょ」

「おまえ、おれが本当に殺したとおもってるのか。彼女、いつ殺されたんだ」

言いながらも不安が盛り上がっている。アリバイがなければ疑われても仕方のない位置にいる。

「一昨日《おととい》の夜よ。あなた、新聞やテレビ見なかったの」

妻の目が猜疑《さいぎ》に光った。

「時間は？」

「そんなこと知らないわ。一昨日の深夜立ち寄った客が発見したのよ」

一昨日の夜となると、映画を見て時間をつぶしてから、列車に乗り込んだ。列車に乗った後は、深草美那子と一緒になったから、彼女に証人になってもらえるが、それ以前となるとややこしいことになる。いや美那子にも証言してもらえないかもしれない。彼女の居所を知らないし、彼女から連絡があったとしても、その口振りからして赤阪と共に過ごした蓼科での一昼夜は公けにできない性質のものであろう。

人妻の一夜のアバンチュールか、あるいはすっぽかした恋人のピンチヒッターに立たされたのか、どちらにしても彼女がアリバイの証人に立てる可能性は少ない。

赤阪の顔色を読んで、妻が、

「あなた、本当に大丈夫なんでしょうね」

と不安の色を募らせた。

「おれが犯人なら、刑事が張り込んでいるかもしれない家にのこのこ帰って来るはずがないだろう。おれは彼女が殺されたことをいま知ったばかりなんだぜ」

赤阪に言われて、妻の表情が少し安心した。早速新聞を読むと、一昨日深夜、新宿区新宿七丁目の自宅の寝室で首を絞められて死んでいるのを訪ねて来た客の一人が、ドアに鍵《かぎ》がかかっていないのに不審を抱いて中に入り、発見したということである。

警察は第一発見者の客を疑っているらしい。

犯人が発見者を装って届け出るケースは決して少なくない。

死亡時間は一昨日の午後九時から（翌日未明の）午前一時前後と推定されている。この時間帯は赤阪が映画館を出て、六本木の彼女の店へ行き、それから新宿の待ち合わせ場所を経由して列車へ乗っている時間帯である。列車に乗るまでは、完全に「群衆の中の一人」であった。

だが列車に乗った後も、アリバイの証人は得られそうにない。それにしても事件が発覚したのは一昨日の深夜（正確には昨日の午前一時）である。

発見者が警察に通報して検視や現場検証の後、捜査が開始されたのが早くて昨日の午後、そして今日はもう刑事が自分を訪ねて来た。素早い行動と言えよう。それだけ赤阪に据えられた容疑が濃厚とみてよいだろう。

警察が再び来る前にこちらから出頭して申し開きしたほうがよさそうだ。

赤阪が警察へ行こうと決意したとき、玄関にチャイムが鳴り、妻が顔色を変えて駆け込んで来た。

「あなた、大変よ。昼間の刑事がまた来たわよ」

帰宅したのを見計らっていたような再来に張り込みをうかがわせた。赤阪は自分がおかれた容易ならない立場を悟った。

「とにかく応接室へ通しなさい」

妻に命じて気息を整える。逮捕状が出ていれば、門口でうむを言わさず捕らえたはずである。まだ最悪の事態には立ち至ってはいないようである。

応接室へ行くと、二人の男が立ち上がった。

新宿署の刑事で牛尾《うしお》と大上《おおかみ》と名乗った。牛尾は刑事らしからぬ穏やかな風貌《ふうぼう》の持ち主で、五十年輩、大上は三十代後半で、平凡なマスクであるが、目の光が敏捷《びんしょう》である。両人共、一見サラリーマン風である。

「突然お邪魔いたしまして失礼します。用件はすでに奥様にお伝えしたとおりで、捜査にご協力いただけると有難いのですが」

牛尾が丁重に挨拶《あいさつ》と訪意を繰り返した。

「私にできることならなんなりと。実はただいまこちらから出頭しようとおもっていたところです」

赤阪は不安を隠して言った。

「そうおっしゃっていただけるとたすかります。ご存じのように山添延子さんが一昨日の深夜殺害されました。我々としては彼女と多少とも関わりのあった方からはすべて事情をうかがっております。つきましては、赤阪さんは、山添さんと親しかったご様子ですが、どの程度のご関係でしたか」

牛尾は単刀直入に聞いてきた。これだけの質問をするからには、すでにかなりの下敷調査をしていることがうかがわれた。そのとき妻が茶菓を運んで来た。茶にかこつけて偵察に来たのである。

「奥さん、お構いなく」

　刑事が恐縮した。

「おまえは少しはずしていなさい」

　心配そうな妻を追いはらうと、

「隠しても仕方がありませんので、正直に申し上げます。実は一昨夜から彼女と一緒に温泉へ行く約束をしておりました」

「ほう、被害者と温泉へね、それでどうなさったのです」

　刑事がざわっと身じろぎをした。

「それが、約束の時間に来なかったのです。電話をしても応答がありませんでした」

「それからどうなさいました」

「行先の宿を知らせてあったので、もしかすると先へ行っているかもしれないとおもって、一人で行きました」

「なるほど。ところが彼女は来ていなかった。今度は後から追いかけて来るとおもったのですか」

「いいえ」

「それはまたどうして」

　刑事の面に不審の色が塗られた。連れが来ないと決まった温泉に男一人で泊まる侘《わび》しさが、刑事の不審となっている。

赤阪はその夜からのハプニングを素直に申し立てた。

「するとあなたは一昨日の午後十一時二十分新宿発のアルプス号に乗車してから今日の午後五時ごろ新宿駅で別れるまで、深草美那子という女性とずっと一緒だったと言われるのですな」

刑事の表情が赤阪の言葉を測っている。

「そうです」

「しかし、その女性の居所はご存じない」

「旅館に問い合わせてもらえばわかります」

「列車に乗るまでどなたか知人に会ったとか電話したとかいうことはありませんか」

「それが山添さんの家に電話しただけで、だれにも会わなかったし、電話もしませんでした。九時半から十一時近くまで構内の喫茶店にいたので、店の従業員が憶えているかもしれません」

「映画はなにを見たのですか」

刑事は当然の質問をした。時間つぶしの映画であったので、行き当たりばったりの劇場へ入った。気もそぞろで、ろくにスクリーンも見ていなかったが、辛うじてストーリーを憶えていた。

刑事はおそらく納得しなかったであろうが、一通り話を聞くと立ち上がった。

「今日は突然お邪魔して申しわけありませんでした。またご協力いただくことになるともいますので、よろしく」

言葉遣いは尋常であったが、牛尾の一見穏やかな目の底は、なにを考えているのかわからない。

3

「あなた、大丈夫だった」

刑事が辞去すると、朝子《あさこ》が早速問いかけてきた。

「大丈夫に決まってるだろう」

「でもまだ疑いを捨てていないみたい。あなた本当に殺されたホステスとなんでもなかったの」

妻は嫉妬《しっと》からではなく、殺人事件との関連を恐れて、夫を疑っているのである。

「なんでもないったら、この年になれば、一軒くらい行きつけの店があるよ」

「お店や女のことを言ってるんじゃないのよ。そんな女と深い関係をもっていたら、まずい立場になるでしょ。私いやだわよ。あなたの名前が新聞なんかに出たら、表へ出られなくなっちゃうわ」

夫の立場を案じているのではなく、あくまで自分中心の発想である。赤阪は侘しくなった。これが二十数年連れ添った妻の〝成れの果て〟である。

運命共同体のはずが、自分の運命だけを案じている。それだけに深草美那子が懐しくおもいだされた。たった一昼夜の契りであったが、妻との二十数年の夫婦の歴史を圧倒するようなインパクトと新鮮な感動があった。

木漏れ日にだんだらに染められて交わった森の中。夜を徹して繰り広げた痴戯の数々、あまりに妖《あや》しく官能的な経験だっただけに果たして現実のことだったかどうか信じられなくなっている。

まだ別れたばかりなのに猛烈に逢《あ》いたくなった。逢いたい。一目でいいから逢いたい。だが彼女からの一方通行で、こちらから連絡の方法がない。いつくるかもわからない彼女からの連絡をじっと待っているのは、一種の煉獄《れんごく》である。

美那子の一度の許容が、赤阪の半生の中で最大の饗宴《きようえん》であっただけに、その後の無限の飢餓が絶望的である。別れてまだ一日も経過していないのに、恋しさに餓死しそうであった。

深草美那子の名前で一応電話帳を当たったが、その名前での加入者は見当たらない。あるいは偽名かもしれない。

そうだ、まったく手がかりがないわけではない。大中和幸、どういう人物かわからないが、この名刺が彼女の読みさしの本の間にはさみ込まれていた。

名刺を栞《しおり》代わりに使っていたところをみると、その主と美那子との間になんらかの関係があったとみてよいだろう。大中に問い合わせれば、美那子の居所がわかるかもしれない。

だが美那子に連絡先を聞いたところが「ちょっとまずい」と答えた。下手に問い合わせて彼女に迷惑をかけるようなことがあってはならない。

ともかく今は美那子からの連絡を待つ以外にない。願わくば彼女も赤阪と同様の飢餓をおぼえて欲しい。

彼女も積極的に反応していたから、別れた後同じような飢餓感をおぼえているかもしれない。そうだとすると意外に早く連絡がくるかもしれなかった。

連絡先として自宅と会社の両方の番号をおしえておいたので、自宅は遠慮して、会社の方へ電話をかけてくる可能性がある。だが今は土曜の夜である。月曜に出社するのが待ち遠しい。

会社へ行くのが待ち遠しいとは、絶えて久しいことである。

「それにしてもあなた本当にどこへ行ってらしたの」

妻が改めて問いかけてきた。

「出張だと言ったろう」

「会社の人はあなたの出張のスケジュールはないと言ってたわよ」

妻の目がべつの猜疑《さいぎ》の色に塗られている。

「会社は社員全部の出張を把握しているわけじゃないよ。市場調査の内密の出張をしていたんだ。関西方面の市場のリサーチをしていたんだよ」

その答えに納得したわけではないが、妻はそれ以上追及しなかった。彼女の夫に対する関心の稀薄《きはく》さに救われた形になった。

4

新宿署刑事牛尾正直《まさなお》は、六本木ママ殺害事件の捜査に携わることになり、被害者の異性関係から洗っていた。その中の一人、赤阪直司は、彼女の名刺ファイルの中にあり、発見者から被害者とかなり親しかった模様という証言を得ていた。

早速赤阪の言葉の裏を取った。蓼科温泉に問い合わせた結果、たしかに五月十九日の深夜（二十日未明）に該当する女性を同伴して到着、二十日一泊した後出発したということである。

検視によって犯行時間帯は十九日午後九時から午前一時、発見される直前までの約四時間と推定されている。

「どうおもうね」

牛尾は若い相棒の大上刑事に尋ねた。新宿署の「牛狼《ぎゅうろう》コンビ」と言われる名物コンビである。

「まだ断言はできないけど、赤阪はどうもシロという感じですね」

「きみもそうおもうか」

「牛《モー》さんも同じ意見ですか」

「なじみのママを殺して、べつの行きずりの女と温泉へ行く。ちょっとサラリーマンにはできない芸当だとおもうよ。しかも張り込みが付いているとわかっている自分の家にのこのこと帰って来た。犯人だったらまずそんな動きはすまい」

「お目当ての女にすっぽかされて、行きずりの女を代わりに引っかけて温泉へ行ったというのは、ずいぶん器用な男ですが、たしかに目的地には二人で宿泊しています。映画館へ入った証明はありませんが、小屋と上映中の映画は合っています。それに犯行時間帯の始まる午後九時には小屋を出たことになっています。九時半から構内の喫茶店にいたというウラも取れました」

「動機関係の方はどうだろうか」

「それはこれからじっくり掘り下げてみますが、殺すの殺されるのという切羽つまった関係ではなさそうです。被害者には破れ傘とか、二百三高地とかいう渾名《あだな》があるほど、男関係が派手だったそうですから、どちらもプレイと割切っていたようです」

「破れ傘や二百三高地なら、むしろ身持が固いんじゃないのかな」

「一度だけは許すのだそうです。その後がガードが固くなって、未練の客が彼女の躰《からだ》の魅力につながれて集まっているようですよ」

「未練から犯行に及んだということはないかね」

「六本木という土地柄を反映して、客もみな大人です。殺すほど血迷う客は見当たりませんね」

「そうだろうな。頭に血が上って冷たくなった恋人を殺した男が、行きずりの女をピンチヒッターにして温泉へ行くまい。それだけの余裕があれば、殺人《コロシ》などしない」

牛尾は自分の思案を探った。

被害者山添延子（二四）の絞殺死体が発見されたのは五月十九日深夜一時過ぎ（二十日未明）である。発見者は延子の経営する六本木のスナックバー「ミスティ」の常連正本貞蔵《まさもとていぞう》（五九）商店経営である。

正本は当夜十二時過ぎに「ミスティ」へ行ったところ店が閉まっていたので、その足でぶらりと延子の住居に立ち寄って彼女の死体を発見したというものである。

店のバーテンダーに問い合わせると、午後七時ごろママから電話があって、急用があって今夜は休むと言ってきたそうである。止むを得ず彼も「臨時休業」にして帰ったという。

　正本の供述によると、玄関のチャイムを押したが応答がないので、ドアを押すと、鍵《かぎ》がかかっていなかった。好奇心に駆られてつい中へ入ったところ、寝室のベッドの上に腰ひもをのどに一周されてこと切れている延子を発見して警察へ通報したということである。

　被害者が犯人をすんなりと室内へ引き入れているところから警察は顔見知りの者の犯行とにらんだ。被害者は軽いワンピースをまとっており、室内に接待痕跡《こんせき》は留《とど》められていない。また苦悶《くもん》によるもののほかは、衣類も特に乱れておらず、生前、死後の情交暴行の痕《あと》はみとめられなかった。

　警察は第一発見者の正本を疑った。情交を迫り、拒《は》ねつけられてカッとなり首を絞めた後、発見者を装ったという状況である。

　しかし、正本は五十九歳の思慮分別のある男である。中野でかなり大きな酒店を経営している。三人の子供のうち、二人はすでに独立し、末の子は大学生である。正本の申し立てによると、

「ママとは過去一、二回関係があっただけだ。しかしプレイと割切っていた。金曜日から旅行すると聞いていたが、木曜の夜いつもより早い時間に看板になっていたので、自宅に電話したが応答がなかった。帰り道で何度か家まで送ってやったことがあったので、ちょ

っと寄ってみただけだ。タクシーを待たせておいたので、そのタクシーの運転手に聞いてもらえばわかる」ということである。

幸いにタクシー会社の名前を憶《おぼ》えていた。運転手がわかった。運転手は正本の言葉を裏づけた。タクシーを待たせたまま殺人を行なう者はいない。

衝動的な犯行ということも考えられるが、正本は死体発見後、タクシーの所まで戻って来て、「大事件が発生したので自分はここへ残るから帰っていい」と言って、料金を支払ったそうである。

正本はかなり動転はしていたが、逆上していたようには見えなかったと運転手は言った。

もし正本が犯人ならそのまま逃げたはずである。

「運転手に見られているので逃げるに逃げられなかったのではないか」という意見も出た。

「運転手は正本が被害者を訪ねて来たことを知らない。なに食わぬ顔をして車を返すか、そのまま乗り継いで行けば、正本と事件を結びつけるとは限るまい」

正本の弁護論が出た。山添延子の家は新宿七丁目の中型マンションで七十戸が入居している。運転手は正本が七十戸中の被害者宅を訪問した事実を知る由もないのである。

とうてい逃げおおせられないと悟って発見者を装い通報したにしては、現場の状況が符合しない。

被害者に抵抗した形跡はなく、犯人が挑みかかり拒まれてカッとなって殺したという模様ではない。部屋へ上がり込み、談話中に隙《すき》をみて殺したという状況である。あったかもしれない接待の痕跡は、犯人が逃走前に消去した可能性がある。

これはどうみてもタクシーを待たせたまま衝動的に犯行に及んだという状況ではなかった。

なぜ運転手に事実を打ち明けて協力を求めなかったかという問いに対して、「死体を発見してびっくり仰天し、そのまま逃げ出すつもりで玄関へ出て来たところタクシーが待っていたのをおもいだした。このまま逃げても、またタクシーに乗って逃げても自分が疑われるとおもい、とにかくタクシーを帰そうとした」

と申し立てた。正本の申し立ては捜査陣を納得させた。諸般の状況と事実が、正本の犯人適格性を欠いていた。

死体は解剖に付せられ、おおむね検視の所見を裏づけた。それによると、犯行時間帯は午後九時から午前一時前後。死因は腰ひもを首に巻きつけての窒息、情交痕跡、薬毒物服用痕跡は認められずというものであった。

五月二十日午後には新宿署に捜査本部が開設されて、当初の捜査方針として被害者の異性関係の調査が決定された。牛尾と大上のコンビは、被害者の名刺ファイルの主をしらみつぶしに当たったが、その中に犯行時間帯から行方不明になっている赤阪に行き当たった。

被害者が殺されたとみられる時間帯から、家族にも会社にも行先を明らかにせず姿を消している赤阪は決して無視できない。正本に聞くと、赤阪は「ミスティ」のかなり熱心な常連であり、「ママ親衛隊」の一人であったそうである。

牛狼コンビは勇躍して赤阪の家を張り込んでいたが、帰宅して来た赤阪から事情を聞いてみると、どうやらこれも見込みちがいの色が濃くなってきた。

だがまだ捜査は始まったばかりである。二十四歳の若さで、六本木の一等地に小なりとは言え、オーナーママになった経緯にはなにか複雑な裏がありそうである。その裏面をこれから探って行くことに彼らは武者震いをおぼえていた。

5

赤阪直司はその夜眠れなかった。木漏れ日にだんだら模様に染められて交わった深草美那子の刺戟《しげき》的な姿態に、血みどろの山添延子の死体（見たわけではないが）がオーバーラップして浅い夢が何度か破られる。目が醒《さ》めても、夢の中の痴態と死体がクロスして瞼《まぶた》に焼きつけられている。そのうちにそれがまた夢となっている。

夢かうつつかわからぬ境を輾転《てんてん》反側している間に窓辺が白んできた。平日でもこんなに早く起きることはない。眠けが瞼の裏に貼《は》りついたように残っているが、これ以上寝床にしがみついていても眠れないことがわかっていた。

おもいきって寝床から脱け出た。家族の目を醒まさないように注意しながら、郵便受けから新聞を取り出した。

特にニュースや読みたい記事があるわけではないが、とりあえず他にすることはなかった。テレビは家族の眠りを妨げる。

新聞を開く音すら家族の耳を憚《はばか》るようにして頁を繰る。政治経済にはいまは興味ない。スポーツ芸能欄やラ・テ面に先に目が行くようになったのはいつごろからのことか。

新聞の読み方が、いみじくも現在の境遇を裏書きしているのに気づいて、赤阪は自嘲《じちょう》の笑いを漏らした。

ラ・テ面で今日一日見るべき番組を物色した後、社会面を開いた。

金貸し殺される。背後に暴力団の動きか？　という大見出しが寝不足の目に飛び込んできた。やれやれまた殺人事件かといささかうんざりしたものの、目はいつの間にか記事を拾い読みしている。

――五月二十一日午後九時ごろ、渋谷区大山町××番地、大中和幸さん（五三）＝金融業大幸商事社長が胸を鋭利な刃物で刺されて死んでいるのを、同社社員白川正一《しらかわしょういち》さん（二八）

が電話が通じないのを不審におもい、様子を見に行って発見した。

代々木署と警視庁捜査一課が調べたところ、死因は心臓の損傷による出血で十九日夜から二十日未明にかけて殺されたらしい。

現場に凶器が見当たらないところから、代々木署と捜査一課は殺人事件と断定、同署に捜査本部を設けた。大中さんは暴力団とも関係があり、手形の割引きや債権取立てなども行なっていた。警察は暴力団がらみの犯行との見方を強めて捜査を始めた――

初めはなにげなく読み流したが、大中和幸という名前に記憶があるような気がして、再度その個所へ目をやった。

「大中和幸！　まさか」

頭の中でなにかがはじけたような気がした。赤阪は深草美那子の遺留本を取り出して、頁の間から栞《しおり》代わりの名刺を抜き取った。

大中和幸、住所も社名も合っている。眠けは完全に吹っ飛んでいた。

赤阪は混乱していた。いったいこれはどういうことか。

一昼夜の温泉アバンチュール旅行から帰って来ると、自分の本来のパートナーが殺されていた。それだけにとどまらず、行きずりのパートナーの唯一の手がかりとなるべき名刺の主が殺されたことを報じている。

しかも十九日の夜から二十日未明にかけてと言えば、山添延子が殺害された時間帯と重なり合う。

最初の驚きから立ち直った赤阪は、美那子と大中の関係を推測した。旅行中、美那子について、彼女も赤阪同様にパートナーにすっぽかされたのではないかと考えた。

だがもしそうだとすれば、美那子も赤阪同様に疑われる立場にいたのではないだろうか。新聞は美那子の存在については一言も触れていない。まだ彼女の存在は現われていないのか、あるいは捜査の秘密として秘匿されているのか。

いや、もしかすると彼女は犯人そのものかもしれない。美那子が赤阪と共にいた時間は犯行時間を全部カバーしない。大中を殺した後、新宿駅へ駆けつけて来たのかもしれない。だから行先を定めていなかったのだ。

「行き当たりばったりの旅行をしたい」などと言っていたが、犯行現場からできるだけ遠方へ逃げ出したかったのではないのか。美那子が「ちょっとまずいのよ」と言ったのはこの意味であったのか。

そのように考えると、いまにして美那子の大胆な痴態が「腑《ふ》に落ちる」というものである。あれは殺人の血のにおいを情事のにおいで消そうとしたのではないのか。だからこそ行きずりの男の誘いに易々《やすやす》と乗って来た。

しかしそうだとすれば、翌々日また東京へ引き返して来たのが解せない。赤阪と別れた後、なおも逃避行をつづけるのではないだろうか。それとも東京の人間の海の中に隠れようとしたのか。

いやそれは犯人の心理に反する。犯人ならばできるだけ遠方へ逃げようとするはずである。帰って来るにしても、たった一両日ではホトボリが冷めるどころか、捜査は始まったばかりである。

もし美那子が赤阪同様無実の疑いをかけられているとすれば、赤阪が彼女のアリバイの証人ということになる。

行きずりのカップルが、それぞれ別個の殺人事件に巻き込まれて、相互に証人になり合うというのも皮肉な縁である。美那子と意外に早く再会できそうな雲行になってきた。

「あら、日曜日だというのに早いのね」

いつの間に起き出して来たのか、朝子がどろんとした表情で背後に立っていた。寝臭い息がこちらにまで漂って来そうな、だらしのない寝起き姿である。

「いつになく早く目が醒めちゃったものだからね」

「まだ御飯できないわよ」

と言って妻はふわーっと大あくびをした。こんな女にかつて一度でも愛をおぼえたことが赤阪は恥ずかしくなった。

6

代々木署刑事菅原善雄《すがわらよしお》は所轄区域内で発生した高利貸殺害事件の捜査本部に投入された。事件現場は大使館や億ションが立ち並ぶ、都内有数の高級住宅街である。

その中でも被害者の家は、ギリシャの神殿をおもわせるような一際威容を誇るマンションであった。マンションとは言え、各戸個性的なデザインになっており、一見巨大なレゴ(組立て玩具《がんぐ》)といった趣きである。

コリント様式を模した大理石の円柱が侍立する共用《パブリック》玄関の他に各戸専用の玄関を擁している。この一等地に、最も狭い戸でも百平方米以上の居住面積をかかえている。

昼の威容はもちろんであるが、夜間は周囲の植え込みの中に配された投光器の光によって、夜空の中にその白亜の構造を立体的に浮かび上がらせるように工夫されている。単に快適に住むだけの施設ではなく、そこに住む人間の富と力を見せつけるような演出が至る所に施されている。

布団や洗濯物をベランダに干すなどは論外である。見方によってはいやらしい成金御殿である。名前もそのものずばり「黄金宮殿《パレ・ドール》」である。

大中和幸はこのパレ・ドールの最も高価で広いスペースを占めていた。五十三歳、十年前に三人目の細君と離婚してから独身である。女は三人いるが、それぞれマンションをあてがって別居している。彼女らを気が向くままに訪問するか、呼び寄せる。

いまは、少し耳の遠い老女に身のまわりの世話をさせてこの金ピカ御殿に老女と二人で暮らしている。

大中ほど絶えずきな臭いにおいを漂わせている人間も珍しい。世間を騒がせた企業の乗取りや株の買い占めなどにおいて必ず彼の影がちらつく。政財界とのつながりというか腐れ縁も深い。与党史上、空前のダーティな第×代与党総裁選挙費用も、彼が醵金《きょきん》して大勢を覆したという噂《うわさ》がある。

暴力団とも結び、かなりあくどい仕事をしているようだが、「塀の外」で大きな顔をして暮らしているのは、下手に手をつけると、政界の要路にある者の首がいくつも危なくなるからだと言われている。

彼をマスコミは「暗幕」と呼んでいる。黒幕よりも無気味だという意味である。

この大中が自宅の居間で何者かに刺されて死んでいるのが発見されたのが、五月二十一日午後九時ごろである。社員の白川が大中の指示を仰がなければならない用件があって同日午後ずっと連絡を取りつづけていたが、だれも電話に応答しないので様子を見に行って大中の死体を発見した。老女の姿は見えなかった。後になって老女は、娘夫婦に子供が生まれたので数日暇を取って手伝いに行っていたことがわかった。

白川は、大中の秘書兼ボディガードをつとめていたので、合鍵《あいかぎ》を一本もらっている。だが鍵は必要なかった。戸締まりはまったく施されていなかったのである。白川の通報で臨場した警察は、まず白川を疑った。第一発見者を疑うのは、捜査の常道である。

だがその後、白川には犯行時間帯に明確なアリバイが成立して漂白された。

大中は、いつ殺されても不思議のない人物である。それだけに身辺の警戒は厳重である。この家も単に外観が豪奢《ごうしゃ》であるだけでなく、内に閉じ籠《こも》れば、要塞《ようさい》のように堅牢《けんろう》であった。

玄関の合鍵の他に、彼の居間の純和室へたどり着くまでに三種類の鍵が必要である。それを居室まで引き入れたところをみると、犯人はかなり親しい人間であったことが推測される。

犯行方法は女でも可能な手口である。

抱きつくような振りをして、心臓に凶器を突き立てるのは、女の方がやり易いかもしれない。それにしても心臓を一突きとは、プロの手並みを感じさせるほど見事である。被害者は即死に近い状態で死んだものとみられた。

被害者に抵抗した様子はなく、室内に格闘や物色の痕跡《こんせき》も認められない。白川に確かめさせたところ紛失した金品はなさそうだということである。

屋内には、金庫の中の金はべつにしても居間の手文庫に三百万近い現金、また大中が金にあかせて集めた、あるいは債権の代物に取り立てた画、彫刻、古伊万里《こいまり》の磁器、古壺《こつぼ》などの文化財物が飾られているが、まったく手をつけられていない。物盗《ものと》りの線は打ち消された。

まず捜査の鉾先《ほこさき》は、被害者が面倒を見ていた三人の女性に向けられた。いずれもホステスや芸者上がりで、大中に見初められて〝専属〟になった。

だが、彼女らは大中を殺してもなんの利益もない。それどころか大切なスポンサーを失って、とにかく安定していた生活を覆されたことになる。女たちもたがいの存在を知っており、いまさら嫉《や》き合うような仲ではない。いずれも水商売上がりであるので、そういう点では「おとな」である。この三人以外にも「隠れた女」がいるかもしれない。

捜査は暴力団関係に向かって行った。こちらの方面はかなり錯綜《さくそう》していた。

大中は、関東全域に勢力を張っている広域暴力団関東丸満《まるまん》連合の顧問格であり、その産軍を二本立てとした組織運営を導入して同連合の強化に大いに貢献した。軍が抗争を起こしても産の方は安全圏に切り離されている。同連合の産業グループが他組織に狙《ねら》われると、軍が守り、産が軍資金を出して軍を支えるという、兵隊蟻と働き蟻の巧妙な双頭《パラレル》戦略を、大中が編み出したのである。

他の組織も大中戦略を模倣したが、うまくいかない。もともと博徒系の暴力団が多い関東のボスたちに、そんな「やくざ商法」がうまくいくはずもなかった。

　こうなると、他の組織にとって偉大な軍師大中の存在がうとましくなってくる。特に丸満連合となわばりが至る所で隣り合い、勢力が伯仲している極東角正《かくしょう》連盟が大中を憎んだ。これをマスコミは「角丸戦争」と称《よ》んだほどである。

　最近、大中が丸満の合法事業を軸にして、昭和三十年代以降絶えていた政財界との復縁を画策するようになってから、角正側は脅威をおぼえた。

　丸満が政界と提携すれば、一挙に勢力が伸長する。大中の政界に対する影響力を考えればその復縁は十分にあり得る。そうはさせないためになり振り構わず阻止して来る恐れがあった。

　危険を感じた丸満側では、ボディガードを大中の家に送り込んで警備を強化しようとしたが、大中に拒まれた。

「そんなことをされたら息が詰まるよ。せっかく一人で居心地よく暮らしているんだ。おれは暴力団じゃない。だれが襲って来るもんかね。まあ外へ出るときはがまんするが、家の中では一人にしてもらいたい。家にいるかぎり金城鉄壁だよ。ダンプが飛び込んで来てもはね返せる」

　これを無理強いしてボディガードが押しかけるわけにはいかない。不安を抱いていた矢先に刺されたのである。

　丸満側では、角正の殺し屋の仕業とにらんで報復を考えた。

だが捜査本部では犯人が角正の送り込んだ刺客であるなら、被害者が家の中に引き入れるはずがないという考えが支配的であった。

「角正が大中の腹心か丸満側の人間を買収して刺客に仕立てたら、家の中へ引き入れても不思議はない」

という意見が出た。この意見の下に、発見者がまず疑われたのである。白川は大中から最も信頼されている側近である。白川の疑いは晴れたが、彼に類する人間が、角正に買収されないという保証はない。

ともあれ、角正側の人間の線も捨て切れず、個人の怨恨《えんこん》、対立暴力団の両面から捜査を進めることになった。

事件発生後、大中の身のまわりの世話をしていた西沢《にしざわ》この（六五）が帰って来て事情聴取を受けた。老女が一緒にいれば、主人と運命を共にしたかもしれない。命拾いをした形であったが、この婆さんは自分がいなかったために主人を死なせてしまったとおもい込んでいるようである。

「世間では旦那《だんな》様のことをいろいろと悪し様に言っておりますけど、私には優しいいご主人でした。今度も娘に子供が生まれたと聞くと、手は余っているので私が行く必要がないと申し上げても、せっかくの孫だから顔を見に行ってあげなさいとおっしゃって、お祝いと一緒にお暇をくださったのです。私が一緒にいてさし上げたらこんなことにならなかったのにとおもうと、悔しくてたまりません」

と涙を流した。

それをなんとかなだめすかして、事情聴取を進めていく。

「お婆ちゃん、旦那が殺される前に家のまわりをうろうろしているような怪しい人間を見かけなかったかね」

「そう言えば、二十三、四の若い男を何度か見たことがありましたよ。この近くでは見かけない顔だったけど」

「その男をなぜ怪しいとおもったのかね」

捜査官は耳寄りな情報に飛びついた。

「私がお買い物から帰って来ると、門の前に立って家の方をじっと見つめていたので、なにかご用ですかと聞くと、逃げるように立ち去って行きました。それから後また二、三度同じ顔を近くで見かけたのでおかしいなとおもったんです」

「その男が旦那を狙っているとおもいましたか」

マンションには他にも居住者がいる。

「家の窓を見ていたので、なにか旦那様に用事がある人かとおもって声をかけたのです。いまにしておもえばあいつが狙っていたのかもしれないね」

「その男にもう一度会えばわかるかな」

「さあ、チラリと二、三度見かけただけだからね、なんとも言えないねえ」

「どんな男だったかね」

「どんなと言われてもねえ、背が高くて、痩《や》せてとがった顔をしていましたよ。細い目をしていた」

「服装は？」

「ふつうの背広を着ていましたよ、青い感じの」

「めがねはかけていなかったんだね」

「かけていなかったよ。そうそうどっちかの目尻《めじり》に大きなホクロがあったよ」

「目尻にホクロだって」

これは大きな特徴であった。

「あれは濡《ぬ》れボクロとか好きボクロと言って女を泣かせる相だよ」

この婆さんは余計なことを言った。とにかく彼女の証言によって、大中の家を事件前にうかがっていた「目尻にホクロのある若い背の高い痩せた男」がいたことがわかった。

「その他に家の中でなにか変ったことはないかね」

「変ったこと？」

「つまりお婆ちゃんが出かける前と帰って来てからとで様子の変ったことや、失われているようなものはないかな」

「なくなったものはないようだけどね……」

なんとなく老女の歯切れが悪くなった。

「なにか気がついたことがあるのかね」

「近ごろ物忘れがひどくなってねえ、なかなかおもいだせないんですよ」

「おもいだせないと言うと、なにかおかしいことでもあるのですか」

捜査官は身を乗り出した。

「どこか変っているような気がするんだけど、それがなにかおもいだせないんだよ。自分でももどかしいんだけどね」

老女はいかにももどかしげに首を振った。無理強《じ》いしてもおもいだせる性質のものでもない。捜査官は、この婆さん以上のもどかしいおもいに耐えて事情聴取をひとまず終えた。

第四章　痛いせせらぎ

1

電車は三十分足らずで終点へ着いた。登山者はここからさらにバスに乗り換えて山深く分け入って行く。

駅前に始発バスが待っている。登山者たちはためらいのない足取りでバスに乗り込んで行く。女はちょっとためらいの素振りを見せたが、乗車券を買ってバスに乗った。

北浦もここまで来てしまえば、行き着く所まで行ってみるつもりであった。山開き前であったが、バスの座席は登山者でおおかた埋まっている。

見渡したところ、女の隣りしか空いていない。北浦と女の目が合った。女は北浦が彼女の後を従いて来たとはおもっていないようである。どちらからともなく会釈を交わした。

また会いましたねと目で言葉を交わすと、

「ここよろしいですか」

北浦は尋ねた。

「どうぞ」

と女は少し身体をずらせた。登山姿でないのは二人だけである。登山者たちは、二人が同行とおもっているようである。登山者でもなく、さりとて観光客のようにカメラももっていない。中途半端な旅行者の二人の関係を不審がっている気配である。

「上高地《かみこうち》ですか」

女の方が問いかけてきた。心細さをまぎらすような問い方である。同じ列車で同席してきたのが、彼女にわずかな連帯感をおぼえさせたようである。ものものしい装備を施した登山者の中で、普通の旅行者が彼ら二人だけだったことも、口をきくきっかけをうながした。

「まあ、行ける所まで行ってみるつもりです。こんな所へはめったに来られませんので」

上高地という地名は聞いたことがあるが、どんな所か知らない。彼女に聞かれたので、適当に答えた。

「私も初めてですの」

女は、北浦の言葉をどのように解釈したのか、ホッとしたような表情をした。

バスは間もなく発車した。バスは渓谷に沿った舗装道路を上流に向かって遡《さかのぼ》って行く。進むほどに渓谷は深く切り立ち、山気が深まっていく。渓谷の崖上《がけうえ》に時々小さな集落がへばりついている。橋を渡る度に渓谷の位置が窓の左右に移動する。

テープの説明によって渓谷を走る流れが「梓川《あずさがわ》」であることを知った。

車窓右手に満々と水をたたえた湖水が見えてきた。青い湖面に新緑に彩られた山が影を落とす。バスは喘《あえ》ぎながらも馬力にものを言わせてひたすら登って行く。崖はますます切り立ち、渓谷の落差が大きくなっていく。

北浦がこれまで知っているいかなる山や谷よりもスケールの大きい山脈の中に分け入っている気配が身体に迫ってくる。だが登山者の大半は馴《な》れているのか、天下の絶景を前にしながら夜行列車の寝不足を取り返そうとしている。

風景に見惚《みと》れていると、トンネルが断続した。最後に長いトンネルを潜り抜けると、一気に視野が開いて広大なダムが展開した。バス道路はその堤頂を伝う。両端にレスト・ハウスや土産物屋がある。北浦はここが奈川渡《ながわど》という集落だと知った。

奈川渡ダムの堤頂を走って梓川左岸へ渡ると、トンネルが連続する。トンネルの切れ間の道は、高い崖の斜面を切り開いて刻まれている。

トンネルをいくつか抜けて再び右岸へ渡ったバスは、やや大きな集落へ出た。旅館や土産物店が軒を並べている。沢渡《さわんど》という集落であった。冬期のバスの終点であり、上高地観光の中継基地となっている。

沢渡で小休止したバスは、また左岸へ渡り、険しくなった道を懸命に遡って行く。

山相はますます雄大に険悪になり、崖の上に露出した岩石は、いまにも落ちて来そうである。谷が迫って廊下の底のような深淵《しんえん》を急流が白い帯を引いたように流れ落ちている。

対岸に坂巻《さかまき》温泉とか中ノ湯とかの情趣豊かな温泉を横目に見て、バスはまた長いトンネルに入った。これまでのトンネルの中で最も勾配《こうばい》が強く、道が険しい。

ようやくトンネルを抜けると、風景が一変した。これまで切り立った崖にはさまれて閉鎖的であった風景が、急に開けた感じである。頭上の空の面積が広がり、車窓に近々と迫って怒色を剝《む》き出しにしていた山相が闊達《かったつ》になる。

張出した小尾根をバスがまわったところで登山者の間から嘆声が湧《わ》いた。立ち枯れた樹木を覗《のぞ》かせた湖面の背後に残雪を刻んだ岩の恐竜のような山が立ちはだかっている。

湖面から朝靄《あさもや》が湧き立ち、恐竜の背も朝の最初の陽が染めている。この光景は、北浦もポスターやカレンダーで見かけたことがある。

(そうか、ここが上高地だったのか)

北浦は心にうなずいた。登山者たちがそわそわと身支度をはじめている。今年は例年よりも残雪が多いというような言葉が聞こえた。

バスは湖水に沿って岩の恐竜に向かって迫って行く。テープが大正池《たいしょういけ》と穂高岳と、湖と恐竜の名前をおしえてくれた。

バスは登り切って平坦《へいたん》を取り戻した樹林帯の間を快調に進んだ。

間もなくバスはカラ松林の間の広場に停まった。登山者はこれから大きな荷を背負って あの岩の恐竜に挑んで行くのだろう。カラ松の梢越《こずえご》しの高みに、穂高岳の雪を塗《まぶ》した岩稜《がんりょう》が銀灰色に輝いている。

その強烈な骨格と、大地から盛り上がった隆起は、大地に所属していながらこの世のものならぬ異形のように北浦の目に映じた。

歩きはじめた登山者の群になんとなく従いて行くうちに、穂高はその全容を露《あら》わしてきた。大正池にいったん滞留した梓川は、再び透明な流れとなって穂高の忠実な従者のようにその山麓《さんろく》に優美に巻きついている。川底の石が見えるような清流の両岸は新緑の樹林帯が埋めている。カラ松はまだ新芽を吹いていないが、林相全体に新鮮な彩りがある。

間もなく、視野が開けて橋をはさんだ両岸にホテルや旅館が立ち並んでいた。人影がぐんと増えた。そこが上高地の中心地河童橋《かっぱばし》であった。北浦と女はなんとなく連れ立った形でそこまで来た。北浦は「どうする」と問うように女の顔色を探った。

行ける所まで行くつもりだなどと豪語していたが、穂高の豪快な岩襖《いわぶすま》を見せられては、生半可な心構えでは入り込める領域ではないことがわかった。山麓を逍遥《しょうよう》するだけでも、絶えず厳しい山々から見張られているような意識を振り捨てることができない。

山岳の風光美を煮つめたような上高地は、当てもなく来た旅行者を柔らかく包み込む優しさはなく、むしろ進路をぴたりと閉塞《へいそく》するような拒絶感があった。

都会から逃げて来た北浦に特にそのように感じられたのかもしれない。

ともかく山の監視からどこかへ逃げ込みたかった。

「どこか宿を予約されているのですか」

北浦は女に問いかけた。できたら女と同じ宿に泊まりたいとおもったのである。だが彼女は首を振った。北浦はそれをあまり意外にもおもわなかった。なんとなくそんな気がしていたのである。

彼らは旅の目的も行先も語り合ったわけではなかったが、たがいの旅に敏感に逃避のにおいを嗅《か》ぎ取っていた。

なにかの理由から都会から逃げ出して来た。たまたま列車の席が隣り合い、その行きずりの縁を穂高の麓《ふもと》まで延長したのである。

「それでは日帰りするおつもりですか」

北浦はなおも問うた。上高地で数時間滞在して帰れないこともない。北浦も予定に縛られていないのでどちらでもよいとおもっている。彼女の後をふらふらと従いて来て入り込んでしまった上高地である。こだわりはない。それにしても少し休憩したい。腹も空いていた。

「私、二、三日ここに滞在したいとおもいます」

女は予約をしていない割には、悠長なことを言った。

「私も部屋が空いていれば、少し滞在したいのです」

北浦は咄嗟《とっさ》に答えていた。それが女に妙な下心があるように勘繰られる恐れがあることなどまったく考えていない。下心がなかっただけに正直に言えたのかもしれない。

そんな風になるような予感もあった。大して言葉を交わしたわけではないが、往路のバスで同席していた間、暗黙の了解が成立しているような雰囲気があった。

「それではちょっと聞いてみましょう」

北浦は橋の畔《ほとり》にある山小屋風の旅館に入って二部屋空いているかどうか尋ねた。今日は生憎《あいにく》一部屋しかないが、明日からなら二部屋取れるという返事である。

オフシーズンであるが週末にかかるので結構混んでいるらしい。河童橋の麓、穂高の眺めの最もよい旅館だけに人気が高いのだろう。

「弱ったな。他を当たってみましょう」

行きずりの男女がいきなり同じ部屋に泊まるわけにもいかないので、橋を渡り対岸の旅館に当たってみた。だがそちらに数件並んでいる旅館はいずれも満員であった。上高地の人気を改めておもい知らされた。

まだ上高地帝国ホテルや奥の方の明神《みょうじん》にも数軒の旅館がある。だが無計画に来た北浦には予備知識がない。旅館をこれ以上探すのも面倒になっている。

「私、同じ部屋でもよろしいですわ」

そのとき女が言いだした。

「え、よろしいのですか」

「あなたさえさしつかえなければ、私はかまいません」

「なんだか申しわけありませんね」

「あなたが謝ることはございませんわ」

女が笑った。美しい歯並びが覗いた。その落ち着きのある表情から、男に対する年季が入っているようにも感じられた。

先刻の旅館に戻ってようやく空いていた一部屋を確保できた。穂高が正面に見える眺望のよい部屋である。

部屋を取れて少し心が落ち着いた。女はそのとき「塩沼弘子」と名乗った。なんとなく山が見たくなってぶらりと出て来たのだと言った。

もちろんその言葉を鵜《う》飲《の》みにはしていない。彼も弘子に同様の口実を使った。どちらも旅立った動機に曰《いわ》くありげな気配を嗅ぎ取りながら敢《あ》えて詮索《せんさく》しない。所詮旅の行きずりの二人である。詮索は無用であった。

朝食を摂《と》ってから、梓川の畔へ出た。すでに二番、三番のバスが到着して橋畔は都会並みの賑《にぎ》やかさを呈しはじめている。五月下旬のオフシーズンでこの賑わいであるから、夏期の活気が偲《しの》ばれるというものである。

2

塩沼弘子は終列車で同席した縁から北浦良太と同宿する破目になった。一見二十三、四歳、身体に危険な気配を孕《はら》んでいるような男である。左の目尻《めじり》のホクロが血がはね飛んだように見える。

だから満席の列車の中で彼の隣席だけが空いていたのである。しかし他に空席がなかったので座ったわけではない。いまにしておもえば彼の身辺に彼女と同様の逃避のにおいを嗅ぎつけたからかもしれない。

逃避の旅は一人では心細く寂しい。

逃避や悲しみをまぎらすために道連れは不要だとおもっていたが、無意識のうちにパートナーを探していたのかもしれなかった。

北浦は危険な気配を振り撒《ま》いていたが、それは社会に対する危険性であり、彼女に対してはまったく害意はなかった。

旅費が尽きた所で帰るか、あるいはそこで死んでもよいというような自棄的な気持の旅行であったので、警戒心もあまり働かない。警戒する必要もなかった。

こうして、塩沼弘子は穂高の足許《あしもと》へ来てしまった。それから先は登山者の領域である。上高地まで長い梓川の渓谷を遡《さかのぼ》って来た者も河童橋の袂《たもと》で圧倒的な穂高の岩屏風《いわびょうぶ》に行手を塞《ふさ》がれる。

逃避の旅の終着として上高地はまさに一寸の妥協もない巨大な終止符を打たれている。

「なんだか心の中身がどんどん流れ出て、空っぽになってしまうような気持だな」

北浦がポツリと言った。

宿で朝食を摂り、わずかな荷物をおいて周辺の散策に出た二人は、河童橋から少し離れた岸辺に腰を下ろした。「植物の宝庫」と言われるだけあって周囲の植物は豊富である。カラ松、シラカバ、ヤナギ類が芽吹き、白いコナシの花や、朱のレンゲツツジなどが、消え残った雪のかたわらに可憐《かれん》な花びらを震わせている。植物の名を知らなくともその多様性はわかる。林間に鳥の歌が競う。

潺々《せんせん》と流れる梓川から目を上げれば、大気がいくらか不安定になったらしく穂高の頂《ちょう》稜《りょう》からしきりに白い雲が吐き出され、噴煙漂う焼岳《やけだけ》の方角に流されて行く。

両岸のしたたるような新緑の色彩を溶かして流れる梓川のせせらぎを長い時間聞いていると、心の実質まで洗い流されてしまうような不安をおぼえてくる。雪解けの水流は、放心の中に侵《はい》り込み抉《えぐ》り取って行くような油断ならない鋭さをもっている。

両岸の林相を映して、そのエッセンスを吸い取ったように碧《あお》い水は、本来の水の色ではない。あくまでも反映である。その水は、人間の精神まで吸い取らないという保証がないように見える。その不安を北浦は心の中身が流れ出すと表現した。

「冷たい水ね。一分も入っていられないみたい」

指先を流れに少し入れて弘子が言った。

「ここで数日暮らして心を空っぽにしたら、人間が変ってしまうでしょうか」

北浦が弘子を験《ため》すように見た。

「さあ。私はもともと空っぽですから」

我が子を失ってから、心が空洞のままになっている。これ以上梓川の流れがなにを洗い流していこうと言うのか。この悲嘆までも洗い流す効果はあるまい。

「それではあなたと同じように空っぽになってみるかな」

北浦が邪気のない笑顔を浮かべた。そんなとき身辺の剣呑《けんのん》な気配が束の間鎮静されているようである。

「串田孫一《くしだまごいち》の文章の中に、梓川の川音がとても美しい場所があると書いてあったわ。水嵩《みずかさ》の多少によって川音も変化するはずなのに、そこはいつ来ても同じように美しい音を聞かせてくれるんですって。近くに目印の木があるそうだわ」

「川音が美しいかどうかわからないが、長く聞いていると痛くなるような音ですね」

「あ、それよ」

弘子が驚いたような声を出したので、北浦が目を向けた。

「串田孫一も聞いているうちに疼痛《とうつう》に似たものをおぼえるって書いていたわ」

「それじゃあ、きっとこの場所なんだ」

北浦が意外に子供っぽい目を輝かせて周囲を見まわした。

「あなたはきっと串田孫一と同じ感受性をもっているんだわ」

「そのくしだという人はだれですか」

「哲学者、山の詩人、素晴しい文章を書く人です。特に山や自然に関しての文章は、穏やかでいながら、心をひたひたと満たして飽和してしまうわ」

「なんだか梓川と反対のような人ですね」

「いつの間にかその反映をうけて、その色から抜けられないような文章なの。ある人はそれを〝文蝕《ぶんしょく》〟と呼んでいます」

「文蝕ですか。よくわからないけれど、それじゃあ梓川は緑を吸い取ったのではなくて、緑に蝕《むしば》まれているのかもしれませんね」

「どっちが蝕むということではなくて、相互に影響し合っているのかもね」

「でも人間の心の色は川に反映しない。吸い取られる一方のような気がします」

「心に色があるとしたら、少なくとも私の心は灰色だわ」

「悲しいことがあったようですね。それをこの川の水が洗い流してくれるといいんだが」

「あなたの心の色はなにかしら」

「ぼくの心の色？　そうだな、黒かなあ」

「黒？　灰色の親戚《しんせき》の色ね」

二人は苦笑し合った。それ以上は立ち入らない。風が少し冷たくなったので二人は岸辺から立ち上がった。

第五章　淫《みだ》らな被害者

1

大中家の手伝い、西沢このの証言に基づいて、「目尻にホクロのある若い男」の行方が探された。警視庁には全国暴力団員に関するG（ギャングスター）資料《ブック》があり、各組織の組長、幹部、末端構成員までの身上書一覧表が備わっている。

これは警察庁の全国犯罪情報管理センターのコンピューターが指名手配者、家出人、犯歴者をファイルしているのに対して、犯歴のない者まで網羅しているので、いっそう詳細にわたっている。だがこのG資料にも予備軍や員数外のチンピラは登録されていない。ヤクザにも奇妙な見栄があってG資料に登録されると「ブックに載った」と言い、一人前とみなされる。

全国暴力団の人口は最盛期の昭和三十八年ごろで五千二百十六団体約二十万人とされ、

これが警察の何次にもわたる「頂上作戦」によって三千百三十三団体、八万六千人弱に討ち減らされてしまった。

だがこれはあくまでも統計上の数字で、準構成員や警察の締め上げで一時的に息をひそめている者の数を加えれば一挙に三倍以上に脹《ふく》れ上がる。

警察では、これら予備軍の資料の整備も急いでいるが、擬態が巧妙であるだけでなく、常に流動しているのでなかなか実態を把握できない。

ブックには目尻にホクロのある男は載っていなかった。予備軍の資料にもない。もちろん犯歴者のファイルにもない。ブックにも載らない、前歴もない末端組員が鉄砲ダマに使用される。彼らにとって意味のある玉取りが、出世するチャンスなのである。

だが、犯人が暴力団関係の鉄砲ダマであるなら必ず自首してくるはずである。名乗り出なければせっかくの玉取りが無意味になってしまう。

あるいは刺客を送り込んだ側が、報復を恐れて刺客を闇《やみ》から闇に葬ってしまう場合も考えられる。こうなると、死体が現われるのを待つ以外になくなる。その死体も山奥に埋められたり、海に沈められたりしたらお手上げである。

ともかく捜査本部では焦点を極東角正連盟に絞って捜査を進めた。角正は関東一円に勢力を張る博徒系暴力団で一都十二県四十二団体三千二百人を擁する。

これらの内、中核グループは組長直系の直若《ちよくわか》で構成される中央幹部会議メンバーである。刺客が角正から来たとすれば、中央幹部の指令にちがいない。

　捜査本部は中央幹部の身辺を丹念に嗅《か》ぎまわった。「目尻にホクロのある、背の高い、瘦《や》せてとがった顔の二十三、四の男」を彼らの身辺に探した。特に事件後急に姿を消した男はいないか。

　数日して、角正若頭《わかがしら》補佐総務部長井関《いぜき》組組長井関米一《よねいち》の末端のそのまた末端に北浦良太という男が浮かび上がった。一年半ほど前に「見習い《シコミ》」として入り、組の事務所に寝起きして使い走りをしていた男が、事件後姿を消している。この北浦の特徴や年齢が、西沢このの証言に該当した。

　北浦の写真を手に入れた警察は、西沢に見せた。

「この男です。まちがいありません。ほら左の目尻にホクロがあるでしょう」

　西沢は断言した。北浦の身辺が調べられた。仙台市出身、両親は健在である。生家に問い合わせたところ高校中退後、東京へ飛び出して、ほとんど音信不通になっているということである。

　上京後、井関組に入るまで風俗営業を転々としていた模様であるが、最後に働いていた新宿のキャバレーで組の者と親しくなって組へ来たらしい。

　組では幹部や兄哥《あにき》連の言うがままに忠実に動きまわっていたが、なにを考えているのかわからないところがあった。幹部の伴をして、なわばりをまわっていたとき、彼らを井関組の者としらない酔漢が数名からんできたことがあった。初めは相手にならないでいたが、あまりしつこいので、たしなめたところけんかになった。そのときたった一人で数名をあっという間に叩きのめしてしまったそうである。そのことがあってから末端ながら幹部たちから注目されるようになったらしい。

捜査本部は北浦の消息を井関組に問い合わせた。それに対して井関組はただ「やめた」というだけでまことに歯切れが悪い。

捜査本部は北浦良太をマークした。まだ確証はつかめていないが犯人適格条件を備えている。気がかりなのは自首していないことである。

さらに現場から採取された指紋が北浦のものと判明した。以前彼が勤めていた新宿のキャバレーにビル荒しが侵入して、所轄署が犯人対照用に採取保存しておいた北浦の指紋が一致したのである。

捜査本部は北浦の指名手配の是非を検討した。

「いま指名手配すると、警察の手に落ちる前に、オール丸満のターゲットにされる危険がある」

という反対意見が出た。また角正側にかくまわれている場合でも、丸満側の追及を逃れるために身内での処分を早める恐れがある。

「しかし、我々が北浦をマークしたように、丸満が北浦を嗅ぎ出すのは時間の問題だとおもう。もうすでに彼を割り出しているかもしれない。婆さんには一応口留めしておいたが、婆さんが丸満側にしゃべらないという保証は得られない。婆さんが口を割ったら、北浦の生命は危ないぞ」

と積極派は言った。結局積極派の意見が勝ち、逮捕状の発付を請求し、その発付を得て指名手配の網が打たれた。

2

山添延子の身辺を、特に異性関係に焦点を絞って洗った新宿署の捜査本部では、当初時間の問題と考えられていた容疑者の割出しにてこずっていた。

商売柄、かなりの男性関係が浮かび上がったが、いずれも深刻なものではなかった。客を躰《からだ》でつなぎ留めるといった感じでもない。むしろ彼女も積極的に情事を楽しんでいたようである。

「破れ傘」や「二百三高地」の異名も、むしろ「させない」や「落ちない」に掛けたものではなく、本人と渡り合った敵《パートナー》の数の多さを表象しているようである。

すべてがプレイで、特定のパートナーに関係を固定させるのが嫌いのようであった。

彼女は生前仲の良い友達に、

「私は食べ物でもバイキング料理や小皿の料理が好きなのよ。いろいろな料理を少しずつできるだけたくさん食べたいのよ。それは好きな食べ物はあるわ。でもたくさんの種類の食べ物があるのに、限られた品だけにこだわるなんてつまらないとおもわない？　それだけ人生損しちゃうわよ。男も同じよ。いろいろな男がいるのに特定の人に束縛されるなんていや。私って淫乱《いんらん》なのかなあ」

と漏らしていたことがあるそうである。こんな一種の男性哲学をもっていた彼女であるから、深刻なパートナーはいない。

パートナーの方が一方的に熱くなるということはあるだろう。一方がプレイと割切っているのに、他方が割切れないときに男女の悲劇が発生する。

だがどんなに洗ってもそれほど熱っぽそうなパートナーが現われないのである。

捜査本部は、山添延子にスポンサーがいたにちがいないとにらんだ。そうでなければ六本木の一等地のオーナーママにはなれない。

国有地云々《うんぬん》の件は噂《うわさ》にすぎなかったが、「ミスティ」の区分は建物のオーナーから買い取っている。テナントではなくれっきとした所有権があるのである。

片手に札束を握った地上げ屋の出没が伝えられるゴールデンベルト地域で、山添延子は小さいながら一国一城の主《あるじ》として彼女の信奉者の上に君臨していた。

だがスポンサーの影は浮かび上がらない。

第六章　残酷な終止符

1

梓川の川面に夕靄《ゆうもや》がたなびき、残照に染まった穂高が巨大な影となって沈むと、上高地の谷は濃い夕闇の底に閉じ籠《こ》められる。一日上高地を散策して宿へ帰って来たものの、北浦はこれから始まる長い夜をどう過ごすべきか途方に暮れていた。

なんの了解もなく、行きずりの男女が成行き上同宿することになったのである。北浦に下心があれば願ってもないチャンスであるが、逃亡の旅にそんな下心の生ずる余裕はない。

今夜はともかく宿にありついたが、明日からどうなるかわからないのである。いや今夜にでも司直の追手が来るかもしれない。

風呂へ入り、夕食をさし向かいで摂ると、あとはもうすることがない。窓の外には山の黒い影が一際濃厚な闇となってうずくまっている。その闇の上に目を上げれば夥《おびただ》しい星がおもいおもいの位置に光る粉となって塗《まぶ》されている。

おもえば星など沁々《しみじみ》と見上げたことのない生活をしてきた。北浦は食後窓辺に寄って凄《すご》みのある山上の星を見つめていた。ニュースが気になったが、今夜は下界の動きから目と耳を閉ざそうとおもった。

「凄い星空だわ」

いつの間にか塩沼弘子が背後に来ていて放散した視線を穂高の空に投げていた。その目には、北浦のように、行きずりのパートナーと初めて同宿の夜を過ごす緊張も警戒も当惑もない。それはむしろ彼女の方がもたなければならない旅の要素である。

北浦は自分が馬鹿にされているのではないかとおもった。それほど自分は〝人畜無害〟に見えるのか。

だが弘子の様子はそうでもなさそうであった。彼女が梓川の岸でふと漏らしたように、心が空洞なので、そんな要素はきれいさっぱり失われてしまったのかもしれない。

なにかきっと大きな悲嘆によって心の実質をすっかり抉《えぐ》り取られてしまったので、旅に伴う不安や緊張が入り込む余裕がないのであろう。

「私たちってなんだか変ですわね」

弘子が星に目を向けながら言った。北浦のおもわくを見透かしたような言葉である。

「ぼくもそうおもいます」

北浦はうなずいた。

「本当のことを言いましょうか」

「本当のこと？」

「あなたがなにも聞かないので逆に話したくなっちゃったわ」

「なにをですか」

「この旅行の目的」

「べつに話してくださらなくともいいですよ」

「恐れているのね」

弘子が挑むような目つきをした。

「なにを恐れるのですか」

「私が話すと、あなたも話さなければならなくなることを……」

「………」

「大丈夫。私はなにも聞かないわよ。私が一方的に話したくなっただけよ」

「べつに私も話してもかまいませんが、あなたを恐がらせてもいけないとおもって」

「私はなにも恐くないわよ。いけない、こんなことを言うと、結局あなたが話さなければならないようにしむけちゃうわね。でも私、なにも恐くないと言ったのは本当なのよ。

私、死ぬつもりでこの旅行に出て来たの」

「なんとなくそんな気がしました」

「お見通しなのね」

「いいえ、たったいまふとそうおもったのです。あなたが恐くないと言ったときに」

「でも星を見ていたら、なんだか死ぬのが恐くなっちゃったわ」

「いい傾向です。あなたのような若く美しい方が死ぬなんて社会の損失ですよ」

「お上手なのね。大丈夫、まだ死なないわ。死んでもいいとおもったくらいなのよ」

「よかった。死ぬには死ぬにはそれだけの切羽つまったわけがあるとおもいますが、あなたが死ぬとわかったらやっぱりとめなければなりませんからね。そういう役目は苦手なんです」

「行きずりの女が自殺なんか図ったら、迷惑でしょうものね」

「そういう意味じゃなくて、人を生かすよりも死なせるのが仕事ですから」

「死なせるお仕事、お坊さんとか葬儀屋さん」

「はは、ぼくが坊主や葬儀屋に見えますか」

北浦は苦笑した。

「全然見えないわ」

「なにに見えますか」

「怒らない？」

「怒りません」

「ヤクザ」

「ご名答です」

「あら、まさか」

「本当にヤクザなんです」

「まあ、どうしよう」

「恐くなったでしょう」

「いいえ。でも失礼なことを言ってしまって」

「ヤクザにヤクザと言ってなにが失礼ですか」

「本当のことを言うほうが失礼な場合もあるわ」

「実は人を殺しに行ったんです」

「まあ」

　さすがに弘子の面《かお》に驚きの色が塗られた。

「今度は恐くなったでしょう」

「どうしても私を恐がらせたいみたいね。それで殺しちゃったの」

「殺していれば、こんな所にいません。ぼくが目的の人物の所へ行ったら、もうだれかに殺されていたんです」

「……？」

「もたもたしている間にだれかに先まわりされたのです。恥ずかしくていまさら組に戻れずに行き当たりばったりの列車に乗ってここへ来てしまいました」

「でもあなたは人殺しにならずにすんだわ」

「ヤクザの世界では、人殺しが出世のチャンスなんですよ。せっかくのチャンスをあたえられながら他人に横奪《よこど》りされたドジな野郎というわけです」

「私にはよくわからないけどヤクザの出世ってどういうことなの」

「一般の社会とあまり変りありません。幹部になって組の中で地位を上げていくことです」

「でも捕まっちゃったら、刑務所の中で地位が上がっても仕方がないでしょ」

「出て来てからのことです。長くて七、八年辛抱すればいい顔になれます」

「七、八年も刑務所に入っているの」

弘子が呆《あき》れた表情をした。ヤクザ社会の価値観は一般人にはとうてい理解できない。

「すぐ経ちますよ。組の幹部はみなそのようにして今日の地位を築いています」

「あなた方の社会のことはよくわからないけれど、あなたが殺したのでなければ、逃げまわる必要はないんじゃないのかしら」

「死体が発見されたら、必ずぼくの仕業とおもわれるでしょう」

「だれかに見られているの」

「わかりません。でも下見を何回かしているので見られているとおもいます」

「私が証人になってあげるわ」

「なんの証人ですか。あなたは現場にいたわけではないでしょう」

「でもあなたは殺していないわ」

「ぼくがそう言っただけです」

「あなたの言葉を信じるわ」

「警察は信じませんよ。それにぼくは殺すつもりで行ったのです。たまたま先まわりされなければ、確実にぼくが殺《や》っていた」

「でもあなたは殺さなかったわ。それは大きなちがいだわ」

「そのちがいが恥ずかしいのです。つまり世の中のくずのヤクザを落第したというわけです」

「犯人が名乗り出なければ、あなたが身代わり犯人になってもわからないわね。単純にあなたの言う出世のために」

「そんなことをすればもっと恥ずかしいです」

「私、ヤクザをやめろなんてお説教するつもりはないけれど、もしかしたら物怪《もつけ》の幸いかもしれないわよ」

「だってどう考えても七、八年も刑務所に行くなんて合わないわよ。それもこちらの計算でしょ。もっと長くかかるかもしれないし、最悪のときは死刑もあるんでしょ。刑務所から出て来たときに組がなくなってしまうという場合もあるんでしょ」

弘子は北浦の痛い所を突いた。服役中に組自体が消滅するケースは珍しくない。消滅しないまでも、状況がすっかり変って「いい顔」どころか今浦島になってしまうこともある。

それもいい顔になるための賭《か》けである。

「ヤクザは明日を信じていない」

「明日を信じていない者が、どうして出世をしたがるの」

「馬鹿なんですよ。世の中からのはみ出し者が、はみ出した所でいい顔になって、世の中を見返してやりたいのです」

「とりあえず、明日からどうするかが問題だわね」

「金はもっているので、捕まるまで逃げるつもりです」

「なんのために？　無実の罪で逃げまわるの」

「自分でもよくわからない。でも殺ってもいない罪で捕まるのも馬鹿馬鹿しいとおもいます」

「物怪の幸い？」

語り合っているうちに夜がだいぶ更けてきた。梓川のせせらぎが静寂《しじま》の中に高まる。

「あなたが逃げる間、私も死ぬのを延期しようかしら」

弘子が北浦の顔色を探るように言った。

「それではなかなか捕まれないな」

「そうよ、私を死なせないために捕まってはだめよ」

「精々頑張ってみようかな」

弘子に言われて、北浦に少し余裕が生じてきた。明日を信じぬと大見栄を切った彼が、この美しい女を引き連れての明日からの逃避行を心に画《えが》きはじめている。

2

月曜日にも深草美那子からの連絡はこなかった。来なくて当然であるが、心のどこかで連絡がくるのを信じている。

旅の気まぐれのプレイと割切ればそれまでであるが、赤阪に忘れ難い記憶を刻みつけたように、彼女の心身にもなにがしかのおもいを刻みつけたと信じたい。

行きずりの情事であるだけに、未練を引くのかもしれないが、せめてあと一度会って、あの夢かうつつかわからない甘美な官能を確かめたかった。一度限りで忘れるとは、あまりに残酷ではないか。二度三度会えば、別れはさらに残酷になることがわかっていながら跡を引いてやまない。

いまだあきらめるのは早い。別れたのが土曜日の夕方であるからまだ二日しか経過していない。

そのうちに必ず連絡してくるだろう。もし彼女が大中殺しで疑われるような破目になれば、赤阪の証言が必要になるかもしれない。

それにその後、警察はなにも言ってこないが、彼らが赤阪にかけた山添延子殺しの容疑も完全に捨てたわけではあるまい。彼も美那子の助けが必要なのである。

あろうことか殺人の容疑を被《き》せられて、そのアリバイ証人に会いたい第一目的が、証言よりは行きずりの情事の反復にあるところに、赤阪の楽観と彼女の強烈な引力があった。

山添延子殺しよりも大中和幸殺しの捜査の行方が気になっている。大中事件の捜査網の中に、美那子が引っかかってくるかもしれない。そのために自分とは無関係の事件が気になっている。本来それどころではない赤阪の立場である。

だが、深草美那子との行きずりの情事の後から妙な度胸が据わっている。開き直ったと言ってもよい。あれは、彼が会社と自宅の往復で失った半生における唯一最大の反乱であった。まだその反乱の成否はわからないが、いまの会社に汲々《きゅうきゅう》としがみついていたところで先は見えている。家庭においても粗大ゴミ扱いである。

失うものがなにもないとわかれば、人間強くなる。美那子と知り合って、人生にはこのようなことが実際にあるという事実を知った。あれが一度限りで終ってたまるものかとおもった。

水曜日、午後四時ごろのことである。窓際の身分にとって、午後四時ともなれば、帰り支度である。早く帰っても歓迎されるわけでもない。あちこち寄道して帰宅するのであるが、山添延子が殺されたので最大の寄道場所を失ってしまった。

今日はどこへ寄ろうかと、怠惰に考えていると交換台から外線電話を取り次がれた。以前は直通電話をもっていたものだが、いまはいちいち取り次がれなければならない。その電話もめったにかかってこない。

相手の名前も告げずに、いきなり取り次がれた電話口からどこかで聞いたような柔らかい艶《えん》を含んだ声が語りかけてきた。

「憶《おぼ》えていらっしゃいますか。深草です。蓼科でご一緒いたしました……」

その名前を聞いたとき、一瞬脳裡《のうり》でなにかが弾《はじ》けたような気がした。恋い焦がれていた当の相手が電話をかけてきた。束の間言葉を失って化石のようになった赤阪に、

「ご迷惑ではなかったかしら」

と少しおずおずとした口調になって、問いかけてきた。

「とんでもない。迷惑どころか、あれからいまかいまかとご連絡をお待ちしていたので

す」

「私もすぐにお電話したかったんですけど、あまりに図々《ずうずう》しいのではないかとおもって、今日まで我慢していたのよ」

「そんな我慢はしないでください。とにかくあなたからの一方通行なのですから、一日千秋どころか、一時《いっとき》千秋のおもいで連絡を待っていたのです。逢《あ》いたいんです。蓼科のお土産物もお預りしています。ご都合はいかがですか」

赤阪は周囲の耳も憚《はばか》らず声を弾ませていた。

美那子の残置した荷物は、その後、会社に保管しておいた。

「私もお逢いしたいわ」

美那子の声も少し喘《あえ》いでいるようである。

「場所と時間を決めてください。合わせますから」

「今夜はどうかしら」

「今夜、けっこうです」

打てば響くような答えに赤阪は雀躍《こおど》りしたい気持を抑えた。

「ちょっとご相談したいこともあるので、私の家へ来ていただけないかしら」

「お宅へ⁉ いいんですか」

美那子は意外なことを言いだした。別れ際に連絡先を聞いたが、「ちょっとまずい」と言って教えてくれなかった。それが自宅へ招待するとは、どうした風の吹きまわしであろうか。

「ええ、かまわないわ。そうね、今夜十時ごろいかがかしら」

「おうかがいします。ご住所をおしえてください」

十時までが待ち遠しいが、逢えるとなれば何時間でも待つつもりである。住所を聞いて電話を切ってからも、まだ夢を見ているような気持であった。

相談したいことがあると言っていたが、大中事件のことであろうか。どんな用件でもよい。彼女に再び逢うことができれば。

午後五時定時に退社したものの、約束の時間までの間が保《も》たない。たった五時間が無限のように感じられる。

一人で食事を摂り、行きつけの店を二軒まわってもまだ時間が余った。さすがに映画を見る気はしなかった。

彼女がおしえてくれた住居は西落合《にしおちあい》の隅の方である。新宿区が北西に張り出した一角であり、豊島《としま》区と中野区に南北をはさまれている。

ようやく時間が迫って、おしえられた所番地と目印を頼りに訪ねて行く。彼女の家は目白通りから少し入った閑静な住宅街の中の小型マンションであった。四階建でエレベーターはない。管理人もいない模様である。いずれの家も独身女性ばかりが住んでいるような、小綺麗《こぎれい》ではあるが、生活のにおいが少ない、居住者相互のつき合いもほとんどないような、冷ややかでオツな気取りの感じられるマンションである。

彼女の家は二階の一方の棟末にあった。ドアの表札を確かめてから、高鳴る胸を静めるために一呼吸おく。震えかかる指を叱咤《しった》してチャイムを押す。耳を澄ますと屋内でチャイムが鳴っているのが聞こえた。だが人が反応した気配は感じ取れない。

赤阪はもう一度チャイムを押した。依然として無反応であった。小首を傾げた赤阪は、今度は少し時間をおいて押した。

赤阪は腕時計を覗《のぞ》いた。約束の時間を五分過ぎている。

彼女はたしかに十時に来いと言った。人を呼び寄せておいて、外出するということは考えられない。それとも彼にご馳走《ちそう》するための買い物に出て、帰宅が遅れているのか。赤阪はこのときになって電話番号を聞いておかなかったのを悔やんだ。美那子からの連絡にすっかりノボせてしまって肝腎《かんじん》のことを聞き忘れた。そのために外から電話で在否を確かめることができない。

赤阪は一分待って四度目をやや長く押した。だが屋内は無人のように静まり返っている。テレビやラジオの音も聞こえない。たとえ眠っていたとしてもこれだけチャイムを押して目が覚めないはずがない。（人を馬鹿にしてやがる）とおもった。

結局赤阪の独り相撲であったのである。それにしても嬉《うれ》しがらせておいて、肩すかしとはひどいではないか。

赤阪は未練を捨てきれずドアを押してみた。驚いたことに抵抗なく開いた。施錠されていなかったのである。若い女の住居らしくかすかに香水のにおいが籠《こも》っているようである。

屋内に灯はついていた。入った所が半坪ほどの三和土《たたき》になっていて、上がり口に玉すだれがかかっている。三和土にはサンダルとふだん履きらしい中ヒールのパンプスが一足ずつ脱ぎ捨てられている。

玉すだれの奥はダイニングキチンらしく、その左手の方に居間があるようだ。

「深草さん」

赤阪は無作法かとおもったが、ドアの隙《すき》から首をさし入れて声をかけた。相変らず応答がない。

ドアを施錠しないまま外へ出たということは、主《あるじ》がすぐ帰るつもりであることを示すものであろう。やはり彼を歓迎するための材料買い出しに出たのだ。これは中へ入って待てという意味かもしれない。

もしかすると泊まって行けと言うかもしれない。赤阪は自分にとって都合のよい解釈をした。

そうだとすればここであきらめて帰っては千載一遇のチャンスを逃がすことになる。怨《うら》まれるかもしれない。赤阪に中年男の図々しさと意地汚なさが出た。美那子の今日の積極的な電話と、蓼科の大胆な痴態が重なった。

そのとき階段口から、三十前後の女が上がってきた。水商売らしく化粧がけばけばしい。バーの看板にはまだ早いが、なにかの事情で早帰りして来たのであろう。彼女は赤阪の方に詮索《せんさく》の視線を向けたが、美那子の隣室のドアを開いて入って行った。

美那子の隣人にうながされた形で、赤阪は屋内に入った。

「失礼します」

三和土に立って再度声をかけた。聞こえるかどうかわからないが、ドアの内側で耳を澄ましているかもしれない隣人に対する牽制《けんせい》である。

返答は相変らずない。留守中、上がり込むわけにもいかず、三和土に突っ立ったまま、赤阪は途方に暮れた。

手持ち無沙汰《ぶさた》のまま、目は家の中を観察している。若い女の独り住居《ずまい》らしく、家の中は小綺麗に整頓《せいとん》されている。狭いが、家具の位置をうまく工夫して住み心地よさそうな生活空間にしている。居間はダイニングキチンの左手に逆L字形につづいているらしく死角になっている。そこが居間兼寝室であるのだろう。

視野に入るかぎりは男の痕跡《こんせき》は見えないが、彼女のプライバシーが最も濃厚に詰まっているのが、左手の死角の中であろう。そこを覗きたい猛烈な好奇心に駆られたが、彼女が帰って来た場合を考えると、そこまでの勇気は出ない。

それにしても美那子はなかなか帰って来る気配がない。赤阪は腕時計を覗いた。すでに二十分経過している。

もうこれ以上待てないとおもった。待つにしても、外で待つか。赤阪は未練げに再度奥の方をうかがった。そのとき奥の死角でどたりとなにかが落ちる音がした。明らかに重い物体が転がり落ちた音である。

ぎょっとして立ちすくんだ赤阪は、

「そこにだれかいるのですか」

と声をかけた。だが音は一度限りで静まりかえっている。

「深草さん」

確認のために声をかけ、赤阪はおもいきって靴を脱いだ。好奇心よりは、なにやら異状な気配を感じ取ったからである。

身構えたまま、ダイニングキチンから左手の居間へ近づいた赤阪の視野に凄惨《せいさん》な構図が飛び込んできた。奥の部屋はベランダに面した六畳ほどの洋間になっている。隣家との隔壁に沿ってベッドがおかれ、そこからずり落ちたような形で深草美那子が仰向《あおむ》けに床に倒れている。右脚がベッドにわずかにかかっている。ベッドの上で不安定な姿勢を保っていたのが、なにかの拍子にバランスが崩れ、床に転げ落ちた情況を示している。いまの音はそのときのものだったのであろう。

眠りこけてベッドから転げ落ちたのではない。首にひもが巻きつき、かっと見開かれた目が、赤阪の方をにらんでいた。

赤阪は一瞬混乱した。どうしてよいかわからなかった。自分が殺人事件の現場に来合わせたことはわかった。

咄嗟《とっさ》に逃げ出そうとおもった。今夜彼がここへ来た事実を知る者はいない。逃げ出そうとして隣室の女に顔を見られたのをおもいだした。彼女は必ず赤阪のことを警察に告げるだろう。

折悪しく山添延子殺しの捜査で刑事が訪ねて来たばかりである。隣室の女の証言によって赤阪が容疑線上に浮かび上がるのは時間の問題だとおもった。

逃げられないと赤阪は悟った。そうとなれば、警察に一刻も早く通報すべきだ。赤阪は自衛本能からいまなにを為《な》すべきかを悟った。行きずりの恋に、このような残酷な終止符を打たれたことに茫然《ぼうぜん》としている時間は少なかった。

第七章　当てのない目的地

1

　五月二十五日午後十時三十分ごろ新宿区西落合四丁目のマンションに女性の変死体が発見されたという通報を通信指令室から受けて現場に一番乗りしたのは、所轄署のパトカーである。

　現場は目白通りから少し入った住宅街のマンションである。発見者は、被害者の自称友人のサラリーマンである。午後十時ごろ被害者を訪ねて来たところ、玄関ドアが開いており、中に入って死体を発見したというものである。

　被害者は首にひもを巻きつけられて絞められ、絶命していた。室内に格闘や物色の痕跡はない。

　パトカー乗務員はまず第一報を入れて、現場保存に当たる。第一発見者にも油断なく目を配っている。若い女性の住居を夜一人で訪ねて来たからには「ただの友人」ではあるまい。

この発見者も決して無色の位置にはおけない人物である。そうこうしている間に所轄署員、機動捜査隊員、捜査一課、鑑識課などが次々に臨場して現場はものものしい雰囲気に包まれた。

検視の結果、死因はのどにひもを一巻きしてのいわゆる絞頸《こうけい》による窒息、犯行時間は午後七時から九時ごろの間と推定された。

被害者は黄色いブラウスと紺のスカートの寛《くつろ》いだふだん着姿で、生前死後の情交や暴行の痕跡はない。犯人を夜分、室内に迎え入れているところから顔見知りの者の犯行を推測させるものである。

当然のことながら第一発見者に質問が集中した。だが彼は被害者から相談したいことがあるので午後十時に来て欲しいと言われて、約束の時間に訪問したところ、すでに殺されていたと言い張るのみである。

彼の供述が彼の姿を十時過ぎに被害者宅の玄関ドア前に見かけたという隣人の証言と一致した。

「犯行後、逃げ出したところを隣人に見られたので、止むを得ず室内へ引き返して発見者を装ったのではないか」

という意見も出た。しかしいったん逃げかけた犯人が現場へ戻るというのは、犯人の心理として無理がある。

発見者の申し立てのとおりであるなら、彼は犯行時間帯の外に立ってしまう。とりあえず発見者の供述は保留して、現場周辺の聞込みを徹底することになった。犯行時間帯は、人の出入りの多い時間である。目撃者のいる可能性があった。

被害者は深草美那子二十三歳、京橋にある戸沢《とざわ》経済研究所という大手興信所に勤めていたが、一カ月前に同社を辞めたということである。

入社したのは二年前で、ホテルのバンケット・ホステスをしていたのを所長が見かけてスカウトしたという。同社では有能な所員だったので慰留したが、「家庭の事情」ということで翻意させられなかった。

彼女と親しかった同僚の話によると、いつまで興信所に勤めていても仕方がないので、「店」を始めたいということであった。銀座、赤坂方面に適当な物件を物色していたらしい。このマンションに入居したのは五年前で、古株である。

短大の学生のころから入居して、卒業後、就職してもそのまま居つづけたものである。郷里は京都府宇治《うじ》市で、同地に遺族がいる。直ちに遺族に連絡が取られる一方、検視のすんだ遺体が解剖のために搬出された。

二十六日午後に戸塚署に捜査本部が設置された。解剖の結果は、検視の所見を裏づけるものいで、特に新しい発見はない。捜査会議では、被害者が犯人を部屋へ引き入れているところから顔見知りの者の犯行ということで、意見が一致した。

現金や金目の品が手つかずに残っているので、物盗《ものと》り目的の犯行ではなさそうである。動機としてはまず痴情怨恨《えんこん》関係が疑われた。現在交際中の特定の男はいないようだが、美貌《びぼう》で有能なので言い寄っていた男はかなりいた模様である。

戸沢経済研究所は、企業信用調査の専門会社である。所長の戸沢安信《やすのぶ》は名の聞こえた総会屋でもある。むしろそちらの方が本業で、株主総会が近づくと顧問をしている会社百数十社が参勤交代よろしく戸沢の許《もと》に伺候しては、少なからぬ包み金をおいていくという。

被害者は戸沢の秘書をつとめて可愛《かわい》がられていたそうである。戸沢の愛人であったという噂《うわさ》もあるが、彼には公けの愛人が三人おり、女性関係を隠していない。

「秘書という職分柄から所長や幹部に随行して銀座や赤坂のクラブに出入りする機会が多かったので、その方面へ転身を考えたらしい」

と彼女と親しかった消息通は語った。その気になれば自分がもっと金を稼げる器量と能力をもっているのに気がついたというのが実情のようである。もともと学生時代からバンケット・ホステスのアルバイトをしており、素質はあった。

戸沢が金を出している気配もなかった。

「興信所は、若い女が二年勤めたくらいで銀座や赤坂に店を出せるほどの金をくれるのか」

という疑問が出た。戸沢がスポンサーでなければ、べつのスポンサーの存在が考えられる。だがスポンサーがいれば、彼女の不慮の死に際して顔を出してもよいはずである。

事件は派手に報道されているにもかかわらず、そんなにおいの男は影もみせない。「姿を見せられないスポンサー」ということも考えられる。

捜査本部の推測を裏づけるように、彼女の預金通帳は約一千二百万円の残高を示していた。衣類、アクセサリー類にもスポンサーからのプレゼントをうかがわせる金のかかった品が多い。

だが一千二百万円では店を出せない。同輩の話が事実であるなら、スポンサーが不足金を賄う予定であったのだろう。

捜査会議の結果、
一、スポンサーの発見
二、異性関係の調査
三、被害者の生活史の調査
が、当面の捜査方針として決定された。

赤阪直司は混乱の極みにあった。深草美那子から連絡があって、やれ嬉《うれ》しやとおもう間もなく彼女は殺され、自分が事件の発見者になってしまった。

徹夜に近い事情聴取の後、ようやく〝釈放〟されたが、警察が自分を疑っていることはたしかである。

2

明け方近くなってパトカーで送られて帰宅したが、それも住所を確かめるためであろう。もしかすると、家の周囲に張込みが貼《は》りついているかもしれない。

妻はとうに寝ていて、夫が何時に帰って来たのかも知らない。テーブルの上に冷えきった夕食がサランラップに包まれておいてあったが、食欲はまったくない。

今日は会社を欠《やす》むつもりである。シャワーを軽く浴びてベッドに入ったが、目は冴《さ》えかえって眠れない。

思案は、だれが美那子を殺したかという問いに集まっていく。彼女が殺されたのが午後七時から九時ということで、午後十時にドアの外に立っていた赤阪は帰宅を許された。美那子が赤阪に電話をしてきたのは四時をまわったころである。その電話のとき、彼女はまさか自分が殺されるとはおもっていなかったであろう。

美那子は「相談したいことがある」と言っていたが、それが彼女の被害に関係あることだったのだろうか。

赤阪は警察の取調べに対して黙秘していたことが一つある。それは大中殺しとの関連である。警察はまだ大中事件とのつながりを考えていない。彼らはその〝資料〟をつかんでいないのである。

だが自分にはそれがある。美那子の読みさしの本の中に挟み込まれていた大中の名刺は、二人になんらかの人間関係があったことを示している。

ただそれだけなら、その人間関係が単に儀礼的に名刺を交換しただけか、間接的にもらった可能性もある。

だが名刺の主と持ち主が相次いで殺されたとなると、決して儀礼的な関係とはみられなくなる。

それをなぜ黙秘したのか。自分を容疑者扱いしたことに対する反発もある。だが、犯人はもしかしたら赤阪を罠《わな》にはめようとしたのではないのか。犯人は、赤阪が彼女の家に十時に来ることを知っていた。そこで赤阪を身代り犯人に仕立てようとして、その時間に接近して殺したのではないのか。わずか一昼夜の行きずりの恋人にすぎなかったが、彼女を殺した犯人が憎い。できれば警察にはない、この資料を使って犯人を追及したいという気持があった。

犯人は美那子と大中に共通の動機をもっている。この共通項を探れば犯人に行き当たるはずである。

赤阪はもう一つ資料をもっていた。それがはたして資料としての価値をもっているかどうか、いまの段階ではわからないが、警察にないことは確かである。

それは美那子の旅の目的地である。彼女は「行き当たりばったりの旅行をしたかった」と言っていたが、本当にそうだったのか。彼女は目的地があったのではなかったのか。それを赤阪に出遇《であ》って変更した?

とすると、美那子の目的地は中央本線沿線のどこかにあるはずである。赤阪に勧められて、茅野で下車したが、本来はもっと先まで行くような気配もあった。彼女の目的地に、大中とのつながり、もしくは犯人を示唆する手がかりがあるのではないだろうか。

そんな思案を追っているうちに、目はますます冴え渡る。窓辺がすっかり明るくなり、小鳥のさえずりが賑《にぎ》やかになっている。

不思議なことに、自分が嫌疑をかけられた山添延子殺しについては、一片の意識もなかった。

第八章　成行きの逃避行

1

五月二十日の夜はなにごともなく明けた。上高地の上空を霧が覆い、穂高はそのヴェールの奥にある。霧に阻まれて見えないが、しきりに蠕動《ぜんどう》する灰色の集塊《マッス》の奥に巨大なものがわだかまっている気配は感じられる。その正体を知っている者にも不気味な予感が伝わる朝の気配なのである。

霧の上方は青い。山上は雲海の上に突き抜けているのであろう。この季節、上高地の谷が雲海に埋まるのは珍しいという。

「清らかな朝だわね。そして私たちも」

塩沼弘子が爽《さわ》やかに笑った。なにごともなかったが、同宿の同じ部屋で共に夜を過ごしたことで、二人の間に親しさが増している。

「今日もいい天気になりそうだな」

北浦良太は霧の上方の青い色を探るように言った。

「私、この宿、気に入ったわ。少し滞在してみるわ」

弘子が誘うように北浦の顔色をうかがった。

「ぼくもそのつもりだ。あなたさえいやでなければ」

北浦の言葉遣いも砕けてきた。

「いやなら同じ部屋に泊まらないわよ」

弘子が少し拗《す》ねた表情をした。

「ごめん。そういうつもりで言ったんじゃないんだ」

「じゃあ、どういうつもりなの」

「つまり、どこの馬の骨ともわからないぼくと同じ部屋に泊まったことがわかって、後で面倒なことにならなければいいがとおもったんだ」

北浦の言葉には弘子の素姓に対するそれとない詮索《せんさく》がある。まだ彼女の身上をなにも知らないのである。一夜の間に達せられた親しさを踏まえての詮索であった。

「あら、今日からべつのお部屋になるはずではなかったかしら」

弘子が意地の悪い口調になった。

「昨夜の止むを得ない事情を旦那《だんな》さんが理解してくれるといいけどね」

弘子がクスリと笑った。

「なにかおかしなことを言ったかな」

「私、旦那様がいるように見えて？」

「ごめん。お嬢さんにしては落ち着いていたから」

「いまさらお嬢さんでもないでしょ。結婚はしたわ。でも死んじゃったの」

「じゃあ未亡人……」

「そういうことね、交通事故で夫と子供を前後して失っちゃったわ。天涯孤独の身なのよ」

霧のような翳《かげ》が彼女の面を覆った。

「ご主人とお子さんを愛していたんだな」

「掛け替えがなかったわ。だから死んでもいいような気がしたのよ」

「旦那さんもお子さんもあなたに生きて欲しいとおもってるよ」

「そうかしら」

「だから出直すために旅へ出たんだろう」

「そうね、死んでもいいし、出直せるものなら出直したいという気持もあったわね」

「絶対に出直すべきだよ。まだあきらめるには早すぎるよ」

「それはあなたも同じでしょ」

「とりあえず目の前の問題から解決しましょう」

「目の前の問題？」

「お部屋を分けるか、このままにするか」

「やはり分けなければまずいだろう」

「私はこのままでもいいけれど」

「このままで？」

北浦はびっくりした表情をした。

「昨夜、同じ部屋で寝《やす》んだんですもの。いまさら二つ部屋を取っても仕方ないわよ。第一、勿体《もったい》ないわよ」

「あなたがよければ、ぼくはそのほうが嬉《うれ》しいけれど」

「じゃあ決まったわね。宿に勘繰られるのはちょっと恥ずかしいけど、今夜もご一緒するわ」

そんな会話を交わしている間に二人の男と女の予感が高まっている。

その日もまだ事件は報道されていなかった。

「東京の事件はまだ報道されないのかしら」

「あ、そうか」

「そんなはずはない。殺人事件だからね。しかも被害者はその方面では聞こえた人間だ。必ず報道されるはずだよ」

「それじゃあまだ発見されないのよ」

「今日は土曜日だから仕事は休みだ。だれも人が来なければ、月曜日まで発見されないかもしれない」

「だれがあなたの先まわりをしたとおもう」

「彼を怨《うら》んでいた人間はゴマンといるはずだから、だれが先まわりしてもおかしくない」

「それでも多少絞り込めるんじゃないの。あなたに心当たりはないの」

「まったくない。あるとすれば、おれがしくじった場合を考えて、何人もの殺し屋を差し向けた可能性だね」

「そんなことがあるの」

「あるさ。たがいに連絡を取らせないで、差し向けるんだ。競り合わせることもある。よくある手口だよ」

話し合っているうちに霧が晴れて穂高が顔を覗《のぞ》かせてきた。圧倒的な量感を、中腹から山麓《さんろく》にかけてまといついた霞《かすみ》の裳裾《もすそ》が幽玄に烟《けぶ》らせている。

雪を塗《まぶ》した岩稜《がんりょう》がのしかかるように迫って来る。朝の新鮮な光を十分に吸ってまばゆいばかりに輝く稜線は手を触れれば切れそうに鋭く切り立っているのに、中腹から下方は山の実体を失ったかのように霞のスクリーンに柔らかく溶けている対比が面白い。

登山者が続々と奥へ向かって行く。朝食をすませた二人は、登山者の後に従いて徳沢園《とくさわえん》のあたりまで行ってみることにした。そこから先は登山者の領域となる。

2

新宿署の牛尾と大上は、山添延子の生前の人間関係、特に異性関係を洗っていた。男のにおいは彼女の周辺にぷんぷんしているのだが、「本命の男」が浮かび上がってこない。

そんなとき、隣接署の戸塚署管内でＯＬ殺害事件が発生した。被害者の年齢も似通っていたが、犯行手口が同じである。首をひもで一巻きして絞め殺した。金品を物色した痕跡《こんせき》はない。情交暴行痕跡もない。住居も比較的接近している。

だが牛尾が注目したのは、これらの共通項からではない。絞殺は殺人事件に最も多い手口である。計画的犯行の場合、証拠資料を残さないために情交や暴行をしない。

「おい、戸塚の殺しだがね、発見者が赤阪直司となっているが」

「あかさかが、どうかしたのですか」

相棒の大上は牛尾からいきなり言われても、ピンとこないようである。

「うちのガイシャの重要参考人と同姓同名じゃないか」

「なんですって⁉」

大上の表情が愕然《がくぜん》とした。

「赤阪直司なんて名前はそこにもここにもあるという名前じゃない。同一人物ならどういうことになるかな」

「早速当たってみましょう」

大上がその名前のとおり、狼のような表情になった。戸塚署に問い合わせたところ、名前だけでなく住所と職業も一致した。まちがいなく同一人物である。

彼らはこの符合を重視した。赤阪直司は、山添延子の関係人物の一人として浮上した者である。一応アリバイが認められて容疑圏外に去ったが、新たな犯行舞台への再登場を無視できない。牛尾と大上は捜査会議に出す前に本人に直接当たってみることにした。

3

ようやくうとうとしかけたとき、赤阪は妻から揺り起こされた。

「今日は会社を欠《やす》む」

赤阪が寝ぼけ眼で言うと、

「それは今朝聞いたわ。忘れちゃったの。また先日の刑事が来てるのよ。あなた、本当になんでもないんでしょうね」

　妻が不安を隠さずに言った。周囲の気配は夕方に近いようである。

「刑事だって？　会って来たばかりだぞ」

　赤阪は深草美那子殺しの捜査員と勘ちがいした。

「なに寝ぼけてるのよ。この間来た新宿署の刑事がまた来てるのよ。会うまでは帰らないという身構えで、応接間に上がり込んでいるわ」

「なんだと」

　赤阪はようやくベッドの上に起き上がった。新宿署の刑事がいまさらなんの用事かと、寝不足の重い頭でぼんやりおもった。

「お寝みのところをすみませんな」

　応接間へ入って行くと、先日見憶えのある柔和な感じの刑事が、彼がいままで寝ていたのを知っているような表情で言った。

「いえかまいません。昨夜ちょっと遅かったものですから。そろそろ起きようとおもっていたのです」

　赤阪はあくびを怺《こら》えて言った。

「遅くなったご用件というのは、深草美那子という女性が殺された事件に関してではありませんか」

牛尾は、ずばりと核心に切り込んできた。

「さすがは警察ですね、別件でも連絡が早い」

「まだ、別件とは決まっておりません」

牛尾の言葉は意味深長であった。

「すると、なにか関連があるとでも」

赤阪が関連があると密《ひそ》かに考えているのは深草と大中殺しである。山添殺しはまったく別件で、刑事は別件の方で来たとおもっている。

「あなたが第一発見者になっておりますな」

「被害者は私の友人です。ほら刑事さんに言ったでしょう。蓼科へ一緒に行った女《ひと》ですよ」

「なんと！　すると彼女があなたの行きずりの恋人だったのですか」

牛尾は驚いたあまり、赤阪の細君の手前憚《はばか》っていた声の抑制をはずした。赤阪からその同伴者の名前を聞いていたのだが、あまりにできすぎた話に女性の名前は失念していた。蓼科温泉に問い合わせて彼の申し立ては裏づけられたが、女性の名前や住所は赤阪の同伴者として記帳されていた。

「そうです。昨日午後四時ごろ彼女の方から電話がありまして十時ごろ家へ来てくれと言われたので、約束どおり出かけて行ったら殺されていたというわけです」

「するとあなたにとって唯一のアリバイの証人が死んでしまったわけですね」

「どうしてですか。私は彼女と一緒に二十日未明には蓼科温泉の迎えの車に乗っているのです」

「迎えの人はあなたが列車から下りて来たのを確認しているのですか」

「駅前で待っていたから、確認しているとおもいます」

「仮に確認していたとしても、それは必ずしもあなたが新宿からアルプス号に乗ったことになりません。一緒に乗ったという証人が死んでしまったのですから」

「しかしアルプス号に乗らなければ、茅野駅で二十日未明、三時ちょっと過ぎまでに温泉からの迎えの者に出会えません」

「必ずしもそうとは言い切れませんな。車を飛ばしてアルプス号に途中の駅から乗り込むこともできます」

「そ、そんな」

　赤阪は美那子の死を山添延子から切り離して考えていたが、自分にとって重大な関係があることに気がついた。まさか警察がそこまで勘繰るとは考えていなかった。眠けは完全に吹っ飛んだ。

　牛尾の言葉はさらに重大な疑いを含んでいる。赤阪にとって唯一のアリバイ証人が死んだということは、悪意的に解釈すれば、初めからアリバイはなかったとも考えられる。つまり証人がいると偽アリバイが露見することになる。そうなると、赤阪は単なる第一発見者ではなくなる。そうでなくとも戸塚署では容疑者扱いをうけたのである。

赤阪は自分がおかれている深刻な立場を悟った。

「あなたは本当に深草美那子さんに初めて出会われたのですか」

牛尾の口調には濃い疑惑が盛り込まれている。

「私が嘘《うそ》を吐いているとでもおもっているのですか。本当にそのとき彼女と初めて会ったんです」

「それではうかがいますが、あなたはどうして彼女の居所を知っていたのですか」

「それは彼女が電話をかけてきたときにおしえてくれたのです」

「ほう、彼女はちょっとまずいと言っておしえてくれなかったのではないのですか。それがどうして急におしえたのでしょうね。しかも若い女性が男を夜自宅へ招待するなんて、よほど親しい仲でなければしないことです。行きずりのパートナーに対してサービスがよすぎるとおもうのですが」

「でも本当なんですよ。彼女はちょっと相談したいことがあると言ってました」

「ほう、それはなんの相談ですか」

「それは……わかりません。相談をうける前に死んでしまったのですから」

それがおそらく大中事件についてであろうと予測していたが、それをいま話すと、ますますややこしくなりそうな気がした。

一夜の行きずりの恋の相手に相談するには重大すぎる内容であるが、二人が共有した密度の濃い時間から察すれば、相談相手にされても不思議はない。

一夜の間に深草の心身の中にそれだけ侵《はい》り込んだのだ。新宿で別れたときはスポンサーの大中が死んだ事実を知らなかったので、住所をおしえなかったが、大中が死んで、赤阪に救いを求めてきたのだろう。

だが、それを警察に話してもわかってもらえまい。

「一方通行であった女性が、急にあなたに住所を知らせて自宅へ招待した夜に殺され、事件の第一発見者にあなたがなった事実を重視しています。なにもかもあまりに唐突ですね。ただしそれはあなたの申し立てを信ずればということです」

牛尾の口調がねっとりとからみつくようになった。彼の言葉裏には、赤阪が犯人であれば、少しも唐突ではないという含みがある。しかもその犯人は両件にまたがっているのである。赤阪は顔面から血の気が引いていくのがわかった。

「どうおもうね」

赤阪の家からの帰途、牛尾は大上の意見を聞いた。

「まだなんとも言えませんね」

大上の表情に迷いが揺れている。

「やっぱりな」

「モーさんはどうおもっているんですか」

大上が反問した。

「赤阪の言葉を鵜飲《うの》みにはできないが、山添殺しについてはシロとみていいんじゃないかな。犯行時間帯の初端《しょっぱな》に犯行《やま》を打ったとしても、アルプス号に乗らずに茅野まで午前三時過ぎに駆けつけるのは、かなり難しい芸当だとおもうよ。それに彼には山添を殺す動機がない」

「深草美那子はどうですか」

「これもどうも行きずりの様子なんだな。山添と旅行の約束をしていたことは、山添自身が、店の客何人かに金曜日から旅行をすると話していたことから嘘ではなかったようだ。山添と約束しておきながら、深草も誘うようなことはするまい。すると深草はやはり行きずりのパートナーということになる。

行きずりの情事の相手を、いくら気が早くても数日後に殺すということが実際にあり得るものかね。発見者を装うのもかなり危険な賭《か》けだ。深草を殺した者は他にいるとみるのが妥当だとおもう」

「それでは結局、うちの事件と西落合の殺しは関係ないということになりますね」

「両件を結ぶものは、いまのところ赤阪だけだ。彼が犯人でなければ無関係ということになる。赤阪の犯人適格性はきわめて薄いとみなければなるまい」

「それにしても、温泉旅行の約束をした女と、そのピンチヒッターが相前後して殺されたというのは、因縁を感じますね」

「そうなんだ。偶然とはおもえない因縁を感じる。それについて、ちょっと気になったことがあるんだよ」

「なんですか、気になったことって」

「深草美那子が赤阪を自宅へ呼んだとき、ちょっと相談したいことがあると言ったそうだね」

「女がよく使う口実でしょう」

「女だけでなく、男もよく使うよ。なんの相談かと赤阪に問うたら、やっこさん、ちょっと言葉に詰まってから、わからないと言っただろう。あのときの態度では彼は相談事の内容に心当たりがあったような気がするんだ」

「心当たりがありながら、なぜ黙っていたんでしょう」

「彼にも自信がなさそうだったよ。だからおれも無理に追及しなかったんだ。彼はなにか知っているような気がする」

「なにを知っていたんでしょう」

「一夜の恋人であっても、赤阪は深草と関係をもったことは事実だ。男と女は寝物語でどんな話をするかわからんよ」

「深草が赤阪になにか話したと言うんですか」

「その可能性はあるとおもうよ」

「それを戸塚の方に話してやりますか」

「まだ時期尚早だろう。先方も我が方も立ち上がったばかりだ。もう少し先へ進んでみなければ、皆目見当がつかない」

4

五月二十一日の黄昏《たそがれ》は美しかった。穂高の岩壁が赤く染まり、一日の最後の光がためらいながら西の方へ消退していくと共に、夕闇《ゆうやみ》が上高地の盆地の底から山肌を急速に這《は》い上がっていく。

鋭い凶器のような岩稜《がんりょう》が夕映に化粧されると意外に優しげな横顔を見せる。地形の関係で夕方上高地から見上げる穂高は、順光と逆光の部分が交錯する。奥穂《おくほ》から西穂《にしほ》にかけての稜線は夕焼けの空を鋸歯《きょし》状に切り抜くシルエットとなり、奥穂から前穂《まえほ》、明神と高所に吊《つ》り渡された頂稜が奥穂越しに射《さ》し込む夕日の染色をうけて茜色《あかねいろ》に彩られる。猛々《たけだけ》しい岩相が束の間紅潮して、今日の憩に入るための寝化粧を施したようである。

すでに上高地は影の部位に入っている。空の上方はまだかなり明るい夕映が漂っているのに、黒々と重なり合った森林の中には濃い夕闇が屯《たむろ》している。

渓谷の底にいる者は残照を噴き上げる山上にいる者を羨《うらや》み、山上に落ちて行く夕日を追っている者は、壮大な蒼《あお》い影となった山麓《さんろく》の憩を恋う。山の一日のそれぞれの思惑は異なっても、共通しているものは、山が心に投げかける影である。

その投影の濃い者もあれば薄い者もいるだろう。だが影から逃れることができない。

いま穂高が北浦良太に投げかけている影は、暗く重苦しいものであった。穂高の投影の中に、都会の追手から身をすくめ、隠れている。安らかな憩を求めての影ではなく、身を隠すための影である。

山の投影でありながら、影の本体には心の実質がある。それが山へ向かい、山の形を取って心に再投影してくる。

同じ穂高であっても見る者の心のありようによって影が異なってくる。それが心象風景というものであった。

「この山をこんな追いつめられているときでなく、べつのときに見たかった」

北浦は穂高の投げかける影の重苦しさに耐えかねたように言った。

「きっとこんなときに見たから、最も穂高らしい穂高かもしれなくってよ」

弘子が慰めるように言った。山はそれ自体不動のはずであるのに見る者の心境によって変化させられるのは、山にとって迷惑であるかもしれない。

昏《く》れまさった空の下に穂高は聳立《しょうりつ》する巨大な影となって、その影をますます濃くしていった。それは逃避行の間、暗転の傾斜をたどる一方の北浦の心を表象しているようである。

今夜は土曜の夜であったが、昨夜より泊まり客は少なそうである。夕食が終ると、宿は無人のように静まりかえった。

部屋の中央に枕《まくら》を並べて用意された二組の夜具がまぶしい。二人とも行きずりの男女が同宿の同じ部屋に夜を過ごすことを奇異に感じなくなっている。

逃避と死ぬための旅に出た男と女が、心細さからたまたま身を寄せ合っただけである。この夜がこれからの二人にどんな発展をあたえるかを考えないわけではなかったが、それよりも闇の暗さに怯《おび》えるようなところがあった。

「私たち、これからどうなるのかしら」

弘子が、心細さに耐えかねたように言った。ともかく二夜一緒に過ごすことになる。明日からどこへ行くという当てもない二人である。二昼夜も、列車の中も含めれば三夜共に過ごす。

二人の間になんの約束も交わされたわけではない。それでいてなんとなく身を寄せ合って、今夜も一緒にいる。奇妙な成行きであるが、いまの彼らは成行きに身を預けるしかないのである。

北浦は答えなかった。答えられないのである。静寂《しじま》が落ちると、せせらぎの音が高まった。

第九章　坩堝《るつぼ》の外のパートナー

1

六本木ママ殺害事件の捜査を担当した牛尾刑事は、被害者の異性関係を洗っていた。洗うほどに被害者の異性関係はかなり乱脈であったことがわかった。「おいしい料理を少しずつたくさん食べたい」と生前親しい友人に漏らしていたように、「つまみ食い」もかなりあった模様である。

深刻なパートナーはいなかったが、プレイと割切ったつまみ食いの方に意外な犯人が潜んでいるかもしれない。

だが「リストに載っていない」男性となると、捜査網は限りもなく広がってしまう。

「痴情怨恨《えんこん》以外の線も検討する必要があるな」

牛尾は相棒の大上に言った。当初の捜査方針として異性関係に焦点が絞られている。

「男でないとすると、なんでしょうかね」

大上が思案の目を向けた。

「どこかで怨《うら》みを含まれるようなことをしていないか。被害者の経歴を洗い直す必要があるようだね」

「十八歳のとき上京、二十歳で銀座へ出て、銀座界隈《かいわい》を転々としていたようですが、二年前に『ミスティ』を開店するまでの経緯がどうもはっきりしません」

山添延子の現在までの調査でわかった身上は、出身が群馬県桐生《きりゅう》市、十八歳のとき、あるテレビ局主催の新人オーディション応募のために上京、決選に臨んだものの落選、東京に留《とど》まり、二十歳ごろから銀座のバーやクラブを転々とした。

二年前までに渡り歩いた店は十数店に上る模様だが、店名は数店しかわからない。どんな経緯で六本木「ミスティ」を開店したのか曖昧模糊《あいまいもこ》としている。

銀座転々時代に売春をして開店費用を稼いだという噂《うわさ》もある。また銀座へ現われるまでの二年間もなにをしていたか不明である。スポンサーの有無にかかわらず、上京後四年で、小なりとは言え六本木のオーナーママになったのであるから、よい腕と言うべきだろう。

その辣腕《らつわん》はあながち男女関係だけに限られない。そこから犯人は来たのかもしれない。

「怨みをかったとしてもそんなに古いものではあるまい。人間いつまでも古い怨みをおぼえていない。精々一年十カ月だな」

「それはどういうわけですか」

「赤穂《あこう》浪士が主君を切腹させられてから、討ち入りするまでの期間だよ。あれ以上待ったらさしもの一党も瓦解《がかい》しただろう」

「赤穂浪士ねえ」

大上が感心した表情になった。

「とりあえず二年ほど遡《さかのぼ》って彼女の生活史を洗ってみてはどうかな。それでなにも出なかったら、さらに遡る」

「すると、開店した前後からということになりますね」

「まず捜査会議から動かさなければね」

捜査方針が痴情怨念に絞られているのを、べつの方角へ向け変えることは、難しい。まして、所轄署刑事の会議での発言力は弱い。

痴情怨念外の動機も初期捜査の中に含まれてはいたが、お座形《ざなり》につけ加えた観が強い。ともかく牛尾と大上だけでも異性関係外の捜査に振り向けてもらうつもりであった。

2

二十二日のテレビで大中の死体が発見されたことが伝えられた。発見されたのは昨夜九時ごろというから追報であろう。

「とうとう見つかったわね」

塩沼弘子が北浦良太の顔を覗《のぞ》いた。

「意外に早かったな」

覚悟を定めているので、北浦の表情に変化はない。

「まだあなたのことは、なにも言ってないわよ」

「時間の問題だよ。もう割り出されているかもしれない」

「割り出されたらどうなるの」

「指名手配されるだろうね」

「逃げきれるつもり」

「逃げられるだけ逃げてみるつもりだ」

「あなたが殺したのではないのだから、おもいきって出頭してみたら」

「私を死なせないために捕まってはだめよ、と言ったのは、だれだったかな」

「あら」

「とにかく少し様子を見てみる」

「私も一緒にいていいかしら」

「おねがいしたいくらいだ」

「それにしても、私たちどうなってるのかしらね」

弘子は苦笑した。

昨夜もなにもないまま明けたことを言っているのである。どちらもストイックになっているわけではない。弘子は夫と子供を失い、自棄的になっていた。夫を愛していたが、結婚間もなくさっさと死んでしまった形の夫との夫婦生活の歴史の浅さは否めない。彼女の気力を決定的に奪ったのは、その後につづいた我が子の喪失である。

死んだ夫に操を立てようというつもりはべつにない。特に意識をしていないのである。だから行きずりの男にのこのこ従《つ》いて同宿した。男が求めれば拒否できない状況に自ら入り込み、また拒むつもりもなかった。

それにもかかわらず、二夜も共にしながらなにも起きない。プラトニックな高校生のように清潔な朝がつづいている。ここまで来てなぜなのか。そういう雰囲気がないわけではない。むしろ男と女の内圧が高まっている。了解もほぼ成立している。二夜も同宿した事実が、なによりも双方の了解を示している。

それでいながら踏みとどまっている。無理に怺《こら》えているわけでもない。妙な心理であるが、一緒にいるだけで満足しているようなところがある。両人にもよくわからない。どちらからも積極的に求めないまま二夜過ごしてしまったという感じである。

上高地に二泊滞在するとさすがに居たたまれなくなってきた。飽きたのではない。登るわけでもないのに、眉を圧するような近さに聳《そび》えている穂高と向かい合っているうちに、次第に息苦しくなってきたのである。

上高地は山へ登らない者にそんな閉所恐怖感をあたえる。逃亡者となればなおさらである。

ここに追手が来れば、山越えしないかぎり逃げ場がないような不安もある。

「これからどうします」

北浦が弘子の顔色を探った。

「あなたに任せるわ」

弘子はずっと北浦と行動を共にするつもりらしい。

「とにかく上高地から出ようかな」

「賛成だわ」

彼女も同様の息苦しさをおぼえていたようである。希望のない逃避行であるが、この三泊(一泊は車中)の間に、一緒にいることにわずかな救いをおぼえている。男は捕まらないために、女は生きるために、たがいを必要としていた。

3

牛尾の意見が通り、山添延子の異性関係以外の生活史が洗われた。だが殺人の動機に結びつくようなものは、なにも出てこなかった。

それでもめげずに丹念に洗っていく間に、彼女の友人の一人から「車の解体業者を知らないか」と聞かれたという聞込みを得た。

「それは、いつごろのことですか」

牛尾はその小さな聞込みにがっぷりと食いついた。

「たしか半年ぐらい前だったとおもう。たまたま業者を知っていたので紹介してやった」

牛尾はその解体業者を訪ねて行った。

「まだ十分使えるので勿体ないとおもったのですが、本人の犬を轢《ひ》いて気持が悪いからという、たっての希望で引き取りました」

と業者は答えた。

「犬を轢いたと言ったのですね」

牛尾の目がギロリと光った。暗中模索していた手先に初めて手応《てごた》えがあったように感じたのである。

「はい。前部バンパーにわずかな歪《ゆが》みが見られました。あれは人間とぶつかった痕《あと》じゃありませんよ。犬や猫か小さな動物と接触した痕です」

業者は予防線を張った。轢き逃げ犯人が犯行車を解体して証拠を消すのは、よくある手口であったからである。

「車種は？」

「T社の1600GTR」

「使用何年ぐらいの車でしたか」

「二年の車検直後でした」

法定償却逓減率によると、新車時六十万の車の評価額は二十七万八千二百円となる。四十六パーセントも残存価値を留めている車を解体屋に出して、廃車にしてしまった。

「車を引き取った正確な日付けはわかりますか」

業者は台帳を見て日付けをおしえてくれた。

「少し引っかかってきた感じだね」

解体業者からの帰途、牛尾は大上刑事に言った。

「牛《モー》さんは、山添延子が轢き逃げをしたとおもっているのですか」

大上が問うた。

「まあね」

「解体業者は犬猫だと言っていたけど」

「業者もごまかされたのかもしれない。たとえば、被害者が小さな子供だったら、痕跡は犬猫と大して変りあるまい。それにペットを我が子同様に可愛《かわい》がっていれば、轢き逃げ犯人に対して殺してやりたいほどの怨《うら》みを含むかもしれないよ」

「しかし轢き逃げをしたのなら、被害者は、どうやって犯人を知ったのかな」

「それはまだわからない。だが、車が解体された時期に発生した轢き逃げ被害を全部リストアップしてみよう。なにか出て来るかもしれないよ」

牛尾は獲物の臭跡を嗅《か》ぎ当てた猟犬のような顔をしていた。

4

「北浦の馬鹿が、ドジを踏みやがって、いったいどこへ消《フケ》やがったんだ」

極東角正連盟井関組組長井関米一は毒づいた。

「大中の命《タマ》を取ったら、その足で自首する手筈《てはず》になっているんですが」

井関の前で同組の幹部坪野が身体を縮めている。

「だったらなぜ自首しない。ぐずぐずしてる間に指名手配されちまったじゃねえか。サツに捕まる前に丸満の手に捕まってよ、全部白状《ウタ》ったら、えらいことになるぞ」

井関は焦燥の色を隠さない。大中を暗殺した北浦が、自首して全部自分の勇み足でやったことだと言う手筈になっている。

どんなに厳しい取調べにあっても、黒幕を明かさず、自分の単独行動だと言い通して出所後の昇進が約束される。ヤクザの意味ある玉取りは、犯行後の黙秘と常にワンセットになっている。それが暗殺後、犯人が地下へ潜ったきり出て来ない。

警察の網にかかる前に丸満の追手に捕まり、すべては井関の命令だと白状したら、オール丸満の報復の鉾先《ほこさき》が井関に向けられてくるのは目に見えている。

こういうことのないように計画を練りに練り、最も肝の据わった刺客を送り込んだのである。それが刺客が文字通り鉄砲ダマとなって行方が知れない。井関は不安と焦燥で居ても立ってもいられない気分である。

「いま八方手分けして探してます」

「丸満も探しているよ」

「必ず探し出しますよ」

「当てはあるのか」

「潜り込む先はだいたい決まってますから、立ちまわりそうな所は全部手をまわしてあります」

「こっちが目をつける所は丸満も目をつけるよ。とにかく絶対に丸満に渡すな」

「承知しております」

「坪野、おまえ本当にわかってるのか」

井関がギロリと目を剝《む》いた。角正の戦闘隊長として彼が歩いた後にはペンペン草も生えないと言われただけあって迫力がある。

「わかってますよ。北浦を連れて来ればいいんでしょう」

「だからわかってねえと言うんだよ。連れて来る間に丸満に奪われたらどうするつもりだ」

「むざとは奪われません」

「そんなことを言ってるんじゃねえ。こうなった以上、北浦が自首する必要はなくなった」

「自首する必要がなくな……組長、まさか」

坪野が愕然《がくぜん》とした目を向けた。井関の肚裡《とり》がようやく読めてきたのである。

「そうよ。手配されちまった以上、やつが犯人であることは明らかだ。だからやつを消しちまえば、警察は丸満がやったとおもわあな」

「丸満が承知しますか」

「承知するもしねえもねえよ。犯人が消されちゃえば、どこへも文句のもっていき場所はない。丸満のお先っ走りが殺《や》ったとおもうかもしれねえ」

「なるほど。それは意外にいい手かもしれません」

「それ以外にないよ。いまとなっては北浦を消して口を塞《ふさ》ぎ、丸満の仕返しの鉾先を躱《かわ》すしかない」

「早速兵隊どもに命令します」

「それにしても野郎どこへ消えちまいやがったんだ」

「都内にいれば必ずわかるとおもいます」

「地方なら余計目立つだろう」

「同業のいない山奥の温泉にでも隠れていれば、わかりませんよ」

「それにしても、どうして連絡してこない。北浦にしても、名乗りを上げなければ意味ある玉取りにならねえだろうが」

「それにしては、ちょっと気になることがあるんで」

「なんだ」

「北浦は飛び道具をもっています。それなのに大中は刃物《ヤッパ》で刺されています」

「なんだと？」

「もしかすると犯人は北浦ではないかもしれません」

「しかし北浦が手配されてるじゃねえか」

「サツは野郎が飛び道具をもっていることを知りませんからね」

「じゃあだれが殺《や》ったと言うんだ」

「大中なら殺したいやつはゴマンといるでしょう」

「北浦が殺ったのでなくてもかまわねえや。やつが指名手配されて、丸満がやつを犯人とおもっているだけで十分だよ。見つけ次第始末してしまえ」

「承知しました」

5

井関と坪野が〝北浦対策〟を協議しているとき、当の本人と塩沼弘子は葛《くず》温泉に隠れていた。ここは高瀬《たかせ》川《がわ》の谷間《たにあい》にあり、烏帽子岳《えぼしだけ》から槍ヶ岳《やりがたけ》へ至る登山コースの入口にあたる。

上高地のような有名観光地と異なり、山間にひっそりと湧《わ》く湯治場の雰囲気の濃い温泉である。昭和三十年代までは「アルプス裏銀座」の人気コースだったらしいが、高瀬ダムの出現により美しかった林道がトンネルだらけになって、登山者が敬遠したために、寂れてしまった。それだけに野趣豊かな山気深い温泉となっている。

北浦は上高地を出てからずっとここに引き籠《こも》っている。塩沼弘子の忠告を受けたのである。弘子は恐るべき推測を下した。

「あなたを追っているのは警察だけじゃないわよ」

「わかっている。丸満が鵜《う》の目鷹《たか》の目で探しているよ」

「それだけじゃないわ」

「と言うと」

「わからない？」

「他にだれがいるかなあ」

「あなたが丸満に捕まって一番困るのは、だれかしら」

「それは……まさか」

弘子の示唆する先に行き着いて北浦は、はっとなった。

「そのまさかよ。いまのあなたは角正のお荷物でしかないわ。あなたの口から大中暗殺計画の全容が丸満に漏れたら、角正側の幹部は、うっかり外へも出られなくなるわよ」

「味方がおれを狙《ねら》うと言うのか」

「必ず狙うとおもうわ。あなたさえいなければ、大中殺しの真相は闇《やみ》から闇ですもの」

「おれが殺したんじゃない」

「丸満があなたが殺したとおもっているだけで十分だわよ。警察へ自首するという最初の筋書が狂っちゃったんだから、あなたはいま警察、丸満、角正の三方から追われているわ。角正としてはあなたが丸満の手に落ちる前になんとしても始末をつけたいでしょうね」

「ヤクザでもないきみに、どうしてそんなことがわかるんだ」

「ヤクザでないからわかるのよ」

「おれはどうしたらいいとおもう」

北浦はすがりつくように弘子を見た。実際、いまの彼にとって信頼できるただ一人の味方は、彼女だけである。

「方法は三つあるわ」

「三つ？」

「まず警察に名乗り出て、本当のことを言うのよ」

「警察がおれの言葉を信じるとおもうかい」

「それはわからないわ。でも少なくとも丸満、角正の追手に捕まるよりも安全なことは確かだわね」

「二つ目は」

「このままじっと身を潜めて、真犯人が捕まるのを待つのね」

「犯人が捕まらなかったら」

「そうしたら、ずっと逃亡者の身分だわね」

「三つ目の方法は」

「私たちで真犯人を探すのよ」

「ぼくたちで犯人を！　しかしどうやって」

北浦が目を見開いた。

「あなたも言ったようにあなたが失敗した場合に備えて、何人もの殺し屋を競《せ》り合わせた可能性もあるんでしょう。あなた以外に殺し屋になりそうな人の心当たりはないの」

「組が差し向けた殺し屋なら、もうとうに名乗り出ているはずだよ」

「それじゃあ同業の線は消せるわね。同業以外の線から〝先客〟が来たのよ。あなたも警察から見れば先客の一人だわ。警察より早く、あるいは警察が見落とした手がかりを見聞きしているかもしれないわ」

「そんな手がかりなんかには気がつかなかった。当の相手が殺されていたので、すっかりうろたえてしまった」

「自分で気がつかないだけだわ。そのときのことをよくおもいだすのよ。相手の家にはどうやって入れたの」

「ブザーを押しても返答がないので、玄関ドアを押したら、鍵《かぎ》がかけてなかったんだ」

「鍵がかかっていたら、どうやって入るつもりだったの」

「乱暴だが、玄関をだれかが開いたら押し込むつもりだった。本人が出て来たら、そこで決着をつけられる」

「本当に乱暴な計画なのね」

「用心棒はいないことがわかっていたから、玄関さえ突破すれば、こちらのものだとおもった」

「それが押し込んだら、すでに殺されていたのね。場所は一階の居間って新聞に書いてあったわ」

「そうだよ」

「そこに本人が、いえ、死体があることがどうしてわかったの」

「その部屋だけ電灯が点《つ》いていたんだよ」

「あとの部屋は暗かったの」

「小さな灯は点いていたようにおもう。手探りせずに入って行けたから」

「そして現場に入って行ったとき、なにか気がついたことはない」

「べつにないよ。頭が混乱してどうしてよいかわからなかった」

「それからどうしたの」

「どうしたもこうしたもない。逃げ出したよ」

「そのときなにか残さなかった」

「わからない」

「指紋くらい残したかもしれないわね。あなた前科はあるの」

「ない」

「警察に指紋取られたことあるの」

「以前勤めていたキャバレーに泥棒が入って、犯人と対照するための指紋を取られたことがある」

「だったら指紋を比べられたかもしれないわよ。犯人の手がかりに戻るけど、他の部屋を覗《のぞ》いた？」

「そんな余裕はなかったよ。逃げ出すことで頭がいっぱいで」

「それじゃあ、べつの部屋に犯人が隠れていたかもしれないわよ」

「犯人が！　まさか」

「可能性はあるわよ。新聞には十九日夜から二十日未明にかけて殺されたと書いてあったけど、あなたが現場に行ったのは十九日の夜、新宿発の列車に間に合う時間に行ったんでしょう」

「午後九時前後だったとおもう」

「だったら犯行直後だったかもしれないわ。犯人が居た可能性は十分あるわよ」

「するとそいつは息を殺して、おれが慌てふためいた姿を見ていたかもしれないな」

北浦が悔しげな表情をした。自分のそんな姿を見られたことが悔しいのである。

「犯人にしてみれば、生きた心地がしなかったかもね。犯人がいたとすれば、あなたが犯人を見ている可能性があるわ」

「犯人を見ていれば取っ捕まえているよ」

「捕まえてどうするつもり。あなたも同じ目的で行ったんでしょ」

「あ、そうか」

北浦が頭をかいた。

「見えていて見えなかったのかもしれないわ。無心に考えてみて。なにかあなたの記憶や印象に引っかかっているものはない」

「なんにもないよ」

「簡単にあきらめないで。盲点に入っているのかもしれないわよ」

「だめだ。おもいだせない」

北浦はもどかしげに頭《かぶり》を振った。

「なにか音はしなかった」

「しなかったね」

「テレビやラジオはついていなかったのね」

「ついていなかったとおもう」

「もちろんステレオも」

「ステレオが鳴っていれば、気がついたはずだよ。そういう音はしていなかったよ」

「それじゃあにおいは」

「におい⁉」

北浦の目の色が少し反応した。

「なにかにおいがしていたの」

弘子が北浦の反応を悟った。

「ちょっと待ってくれよ。そう言われれば、なにか変なにおいがしていたような気がするな」

「変なにおい、どんなにおいなの」

「うまく言い表わせないけど、あまりいいにおいじゃなかったな。なんと言うか、化学薬品と動物のガスのようなにおいが入り混ったような」

「化学薬品と動物のガス？」

「まあそんな感じだった。鼻にツーンと突き刺さるようだった」

「刺戟《しげき》的なにおいなのね。それは家全体に沁《し》みついていたの。それとも……」

「いや、現場だけだったとおもう」

「死体についていたにおいじゃないの」

「わからない。死体のにおいなんて嗅《か》いだことはないからね」

「私もないわ。あなたが現場に行ったときは、まだ死体が変化するほどの時間は経っていないはずよ。死体のにおいでもなく、家についていたにおいでなければ……」

「犯人の体についていたにおいということに……」

二人は顔を見合わせた。

「その可能性が強いわね」

「でも体臭って感じじゃなかったな」

「香水ではないわね」

「あんないやなにおいの香水ってあるのかね」

「麝香《じゃこう》なんか動物質の香水だけど、嫌いな人もいるわよ」

「麝香ならおれも知っているけど、麝香のにおいじゃなかった」

「体臭でもないとすれば、職業的に沁みついたにおいかもしれないわね」

「職業か」

「魚屋さんとか、看護婦さんとか」

「どっちのにおいもわかるだろう。あれが職業的なにおいだとすれば、どんな職業だろう」

「時間はたっぷりあるわ。ゆっくり考えましょうよ。手がかりがないと言っていながら、ともかくこれだけのにおいを嗅ぎ出せたのよ。警察が来たのはそれから二日後だから、たいていのにおいは消えているわ。これはあなただけの手がかりかもよ。まだ見落としたり聞き落としたりしていることが、あるかもしれないわよ」

「恐れ入りました」

北浦の目には畏敬《いけい》の色があった。ようやく彼はこの旅の行きずりの女性が、端倪《たんげい》すべからざる推理力の持ち主であることに気づいたのである。

その後二人は依然として他人のままである。奇妙な心理が彼らに働き始めている。たがいに需《もと》め合う気持はありながら、このままいつまで耐えられるかというマゾヒスティックな抑制である。

男と女の坩堝《るつぼ》の中で溶け合うのは容易《たやす》い。坩堝に入る一歩手前で辛うじて他人性を留保している。坩堝に入らないので、彼らの奇妙な関係が維持されている。入ることによって関係が破壊されるのが恐ろしかった。

坩堝に入ればもっと密着した望ましい関係が得られるかもしれない。だがいまは、たがいに必要としている、パートナーを失う危険を冒したくなかった。

男と女の道具立てが揃《そろ》っており、了解はとうに成立していながら抑制しているのは、かなり意志の力を要することである。その意志を奮《ふる》うほどに相手が必要となり、冒険ができなくなっている。

「私たちって本当におかしいわね」

弘子はもう何度も繰り返したせりふを言った。

「同感だね」

北浦も同じ答を反復している。

「私、ずっとこのままでもいいという気がしてきたわ」

「ぼくは男だからね」

北浦が困った表情をした。

「あら、私、拒んでなんかいないわよ」

その言葉がますます北浦を困惑させることを知っていて言っている。

「ぼくにはきみが必要なんだ」

「私も同じよ」

「だから」

「言わないで。辛《つら》くなっちゃうわ」

肉体的な交わりはないが、言葉はすでに交わっている。大胆な言葉が行為よりも先行している。言葉だからこそ先行できるのかもしれない。言った後から弘子はその大胆さに赤面している。だがそういう言葉を言えるようになっただけ、立ち直っていることも確かである。

自棄的な旅行が他人を支えることによって自分を取り戻したのである。つまり彼女にとっても自己を確保するために、北浦が必要なのであった。子供を失った空洞を北浦が埋め始めている。

第十章　犯行の臭跡

1

牛尾は、山添延子が車を解体業者に出した時期に遡《さかのぼ》って当時発生した交通事故を調べた。発生場所はそれほど遠方ではあるまい。都内、都下、精々近隣県であろう。その中で被害者が幼児や子供の事故だけを拾い出せばよい。

だが老人も除外はできない。身体が枯木のようになった老人の場合、車体の接触痕跡《こんせき》が、小さくてすむかもしれない。

五件の交通事故が浮かび上がってきた。

① 十一月十五日午後十一時千代田区内の路上で七十八歳の老人が碁敵の家からの帰途。

② 十一月十八日午後五時ごろ埼玉県川越《かわごえ》市域の路上で二歳の幼児が母親の目の前で。

③　十一月二十日午後三時ごろ大田区内の路上で下校中の七歳の小二学童。ただし犯人は翌日自首。
④　十一月二十三日午後四時半練馬《ねりま》区内の路上で五歳の幼稚園児がスケボーに乗って路上に飛び出し。
⑤　十一月二十七日川崎市麻生《あさお》区内の路上で六歳の小一学童が自転車で飛び出し。
わずかな期間にこれだけ轢《ひ》き逃げ事件が発生したのは珍しい。

これら五件の中、③と⑤は除外できる。また①は老人とは言え矍鑠《かくしやく》としており、かなりのダメージを車体にあたえたものと考えられる。

すると残るのは②と④になる。身体が小さいという点では断然②である。しかも母親の目の前で轢過《れきか》されているだけに母親のショックは大きかったであろう。
④は事故発生後の手当が効を奏して一時快方に向かったものの、被害者が医師の指示を守らなかったために再び症状が悪化して死亡している。
まず②に絞って調べることにした。被害者は、塩沼英《まさる》、母親は同弘子二十四歳、ブティック勤務。夫を二年前に交通事故で失って以来、母一人子一人の生活。スーパーで買い物の帰途、子供の手を放したとき、犬に吠《ほ》えられて路上に飛び出し、折から疾走して来た乗用車にはねられて即死に近い状態で死んだ。犯行車はそのまま走り去った。

この母親が約一カ月前からブティックを欠《やす》んだまま行方を晦《くら》ましている。まだこの段階ではアパートの中を覗《のぞ》くわけにはいかない。

「母親は犯人を見ている可能性があるね」

「しかし調書によると咄嗟《とっさ》のできごとで動転して犯行車についてはなにも憶《おぼ》えていないと供述していますが」

大上が言った。

「後でおもいだしたのかもしれない」

「おもいだして、どうして届け出なかったんでしょうね」

「今度のヤマと結びつければ、自分の手で決着をつけようとしたのかもしれない」

「復讐《ふくしゅう》ですか」

「自分の目の前で我が子が轢き殺されたのだ。警察に任せておけないという気持になってもおかしくあるまい」

「犯人を見ていて、警察に黙っていたかもしれません」

「事件発生直後の動転の中で、そこまで気がまわったかどうか疑問だが、可能性としてはあるね」

「塩沼弘子の行方を追ってみますか」

「そうだな、彼女の親戚《しんせき》、友人知己、立ちまわりそうな先を当たってみようか」

塩沼弘子の名前が捜査会議に出された。

「山添延子の車の解体を塩沼弘子の子供の轢き逃げ被害と結びつけるのは早計ではないか」

という異論が出た。それは予想していたものである。山添が「犬と接触した」車をスクラップに出した時期に接近して塩沼弘子の子が轢かれたというだけである。唯一の証拠物件たる車は、くず鉄と化してしまった。

「山添が二年の車検直後のまだ十分下取り価値のある車をスクラップに出したというのは不自然です。彼女の生活史にはこれ以外に注目すべき唐突な行為は見当たりません。たしかにこれだけのことで塩沼弘子と結びつけるのは早計かもしれませんが、塩沼は山添が殺された時間帯を含めて消息を晦ましており、いまに至るも所在がつかめていません。勤め先にも少し疲れたからと言って休暇を取ったそうですが、休暇が切れたのに依然として連絡がないということです。一応塩沼の行方を当たってみる価値はあるとおもいます」

という牛尾の説得が功を奏して、塩沼弘子が、マークされることになった。

弘子は立ちまわりそうな先に行っていなかった。子供が死んだ後、周囲に自分も死にたいと漏らしていたので、自殺の恐れもある。

「行先を定めない旅へ出て、景色の美しい山の麓《ふもと》で死んでもいいなんて言ってたわ」

弘子の同僚が言った。

「山と言ったんですね。海とは言いませんでしたか」

すかさず牛尾が追いすがった。

「塩沼さんは海より山が好きだと言ってたわ。よく信州へ行きたいと言ってたわ」

「信州、信州のどこと言いませんでしたか」

「ちょっと待ってよ。いつだったかカレンダーを見て雪をいただいた高い山の写真を凄《すご》く気に入っていたわ。そこへ行くにはどう行ったらいいのかしらなんて言ってたわ」

「雪の高い山……いまそのカレンダーがありますか」

「あるわよ。でも一月か二月の写真だったから破り捨てちゃったかもしれないわね」

同僚がそのカレンダーを調べたが、案の定その頁は破り取られていた。

「ああその写真なら塩沼さんが欲しいと言って破り取ったのをもらっていったわよ」

べつの同僚が言いだした。ここで捜索令状が取られた。捜索令状請求の要件は逮捕状ほど難しくない。被疑者、被告人以外の者の住居などを捜索するについては、「押収すべき物の存在を認めるに足りる状況のある場合」となっている。

弘子がカレンダーの写真を自宅のどこかに貼《は》っている可能性はきわめて高い。また写真以外にも彼女の行先を示唆するものが自宅に残されているかもしれない。いやそれよりも山添延子との関係を示唆するものがあるかもしれない。

塩沼弘子の住居は民間アパートの2DKであった。内部は女の独り住まい（子供の死後）らしく小ぎれいに整頓《せいとん》されている。整理簞笥《せいりだんす》の上に位牌《いはい》が二つおかれてある。死んだ亭主と子供のものらしい。写真は飾ってない。辛《つら》くなるからであろう。

目当ての写真はダイニングキチンの壁に貼られていた。立ち枯れた木を植えつけた湖面に対称鏡像のように倒影した森厳な白い高峰の写真である。その山の形なら牛尾も見たことがあった。「大正池から望む穂高岳」と説明文《キャプション》が入っている。

牛尾の目がその写真に貼り着いた。

「モーさん、塩沼弘子がこの写真の場所へ行ったとおもいますか」

相棒の大上が言った。

「十中八九ね」

「なんだかおれたちも行きたくなるようなきれいな所ですね」

「まだいるかどうかわからんが、旅行の第一目標はここにおいたような気がするんだよ。家の中で眠っているとき以外は、この写真が視野に入っている。旅行に出たらまず第一に行きたいとおもうだろう」

「言えますね」

早速、上高地を管轄する長野県警豊科《とよしな》署に依頼された。

同署から上高地にあるホテル、旅館に問い合わせたところ、塩沼弘子の特徴に該当する女性が男性を同伴して五月二十日、二十一日河童橋前の五千尺ホテル（旅館）に二泊した事実が確かめられた。

ただし宿帳には「山岡一郎《やまおかいちろう》他一名」とはなはだ偽名くさい名前を記帳している。住所は東京都杉並区和田本町《わだほんちよう》二の十一となっているが、杉並区に和田はあっても現在該当する町名はない。和田本町は昭和四十一年六月以前の町名である。おそらくそんな由来を知らず隣接する中野区本町とくっつけてしまったらしい。

旅館の話では両名は予約なしで飛び込んで来て二部屋希望したが、生憎《あいにく》一部屋しか空室がなかったので同室したまま二泊したという。出発時に行先は言わなかったそうである。

「おかしいな。塩沼弘子に連れがあったなんて」

大上が小首を傾げた。自殺の恐れも懸念される旅行に同行者がいたのが解せない。彼女には心中するような特定の異性も見当たらない。

「旅館の話では到着時に二部屋希望したそうだよ。途中で連れができたんだろう」

「そして一夜のうちに親しさを増したというわけですね」

大上がニヤリと笑った。下卑た連想をしたわけではなく、とりあえず自殺の危険が薄くなったからである。

「まだ安心はできないよ。行きずりの男と知り合って身の上話を交わしている間に同情し合うということがあるからなあ」

「しかし上高地で二泊してからどこをほっつき歩いているんだろうなあ。あれからそろそろ一カ月は経つというのに」

「山奥で二人で心中していれば、発見されないということもあるよ」

「モーさんは彼らが心中したとおもいますか」

「まさかとおもうが、可能性としてはね」

「それにしても山岡一郎なるパートナーは何者なんだろう」

「彼らが心中せずにあれからずっと行動を共にしているとすれば、山岡一郎もただのねずみじゃあるまい」

「と言うと……?」

「いいかい。旅行中行きずりの男と女が仲良くなるというのは珍しいことじゃない。だが行きずりだけにたがいに無責任だ。どちらも旅先の浮気と割切っているだろう。精々一夜、二夜もつき合えば十分だ。男だって仕事ももっていれば責任もあるだろう。それが一カ月も女と行動を共にするというのは異常だとおもわないかね」

「そのとおりですね。男も女も同じような身の上なんでしょうか」

「なにかのヤマを打って逃げまわっているやつか。それともよほど閑《ひま》のある人間だな」

「それと金をもっていますね。二人で泊まり歩いているとなると金がかかります」

「拐帯犯かな」

「モーさん、彼らは上高地から先、どこへ行ったとおもいますか」

「そんなに遠くへは行ってないような気がするな。塩沼弘子は信州に憧《あこが》れていた。おそらく信州の鄙《ひな》びた温泉に滞在しているのだろう」

まだ旅舎検を行なう段階ではない。塩沼弘子は被疑者ですらないのである。

2

塩沼弘子と北浦良太の二人は、葛温泉に息を殺すようにして滞在していた。北浦は指名手配されたが、山奥の素朴な温泉旅館では気づかれない。湯治のため当分滞在するという彼らの言葉を信じている。神経痛や婦人病に著効があり、湯治客も多いのである。

この山奥の温泉の人たちにとって東京の殺人事件などは別世界の出来事なのである。世間の動向もわからないが、世間のことに関心もない。山開き前で、登山者が少ないことも潜伏を容易にさせた。

「七月になって山開きになると登山客や観光客が入り込んで来るわ。またいつまでもここに隠れているわけにもいかないでしょ。だからいまのうちに変装しておいたほうがいいわね」

「変装だって?」

「整形手術をしたいところだけど、そこまでしなくとも髪の形を変えるだけでずいぶん感じが変るわよ」

「坊主になろうかな」

「そんなことをしたらかえって目立つわ。顔の特徴を髪の形で隠しちゃうのよ」

「どんな髪型にしたらいいとおもう」

「パーマをかけたらどうかしら」

「ヤクザっぽくならないかな」

パンチパーマはヤクザのトレードマークのようなものである。

「ヤクザがヤクザっぽいもないものだわ」

弘子は苦笑して、

「軽いパーマをかけてごらんなさい。それだけでずいぶん様子が変るわよ。そして外へ出るときめがねをかければ別人になっちゃうわよ」

「そうだな。やってみようかな」

北浦が乗気になった。

「そうなさい。いまのままでは身動きできないもの」

弘子は勧めた。

「しかし、男が美容院に入るのはてれくさいな」

「なに遅れたことを言ってるのよ。今時、男の人が美容院へ行くのは珍しくないわ。男専用の美容院があるくらいよ。ちょうどいい機会だから私も一緒に行くわ。私も久しぶりに髪をいじってもらいたいの」

「あなたが一緒に来てくれたら、心強い」

「なんだか大変な所へ行くような感じだわね」

「おれにしてみれば大変な所だよ」

北浦は弘子にエスコートされた形で大町《おおまち》市の美容院へ行った。北浦は弘子任せである。弘子がああしろこうしろと細かく指示を出しているのを他人事《ひとごと》のように聞いている。

軽い洗髪後、頭毛を区分してロッドに巻き、薬液をかける。

そのころから北浦が鼻をひくひくさせた。店内に入ったときから記憶に刺激《しげき》をうけていたが、おもい出せなかった。

第一ステージが終り、第二液を塗布しかけたとき、北浦がいきなり叫んだ。

「このにおいだ」

いきなり大きな声を発したものだから、取りかかっていた美容師がびっくりした。店に居合わせた者が視線を集める。セットの最中だった弘子が「どうなさったの」と声をかけた。

「後で話すよ」

と集まった視線をはずすために北浦は口を閉ざして美容師に頭を預けた。第二ステージが終った。ロッドをはずし、微温湯《ぬるまゆ》ですすいでドライヤーで少し乾かし、セットをすれば、完了である。

鏡に映った顔は別人のもののようである。

「前よりいい男になったわよ。前もよかったけど、今度は都会的に洗練された感じだわ」

弘子がほめてくれた。惚《ほ》れぼれ見つめる視線はおせじでもなさそうである。

「そうかなあ。なんだか、自分ではないみたいだ」

「だからいいんじゃないの。それよりさっき大きな声を出したわね。においがどうとかと言ってたけど、どうしたの」

弘子がおもいだして尋ねた。

「それそれ。あのにおいがしたんだよ。大中が殺されていた部屋で」

「あのにおいって、あなたが大中の死体のそばで嗅《か》いだというにおいのこと」

「そうだよ。それが美容院の中で、特にパーマの薬をかけられたときに、一段と濃くにおったんだ」

「あなたが化学薬品と動物のガスのようなにおいだと言ったのは、パーマの薬液と髪の毛から立ち昇るにおいだったかもしれないのね」

「どうしてそんなにおいが大中にしたんだろう」

「パーマをかけた直後でもよくすすぐから、そんなにおいはしないはずよ。犯人がそのにおいを身につけているとすれば……」

二人は顔を見合わせた。思惑が彼らの胸の中に脹《ふく》れている。

「つまり客ではなく、職業的なにおいかもね」

「きみは、犯人が美容関係の人間だとおもうのかい」

「断定はできないけれど、あなたの鼻が確かなら容疑者の中に数えてもいいんじゃないの」

「小さいころからハナがいいとよく言われたよ。隣りの家で煙草の吸いがらが座布団の中でくすぶっているのを、隣りの人より早く嗅ぎつけて火事を防いだことがある」

「それじゃあてにしていいわね」

「すると犯人は女かな」

大中殺しの犯行手口は女性でも十分可能である。

「男の美容師も珍しくないわよ」

「大中と美容師か。ちょっと結びつかない感じだな」

「そんなことないわよ。現にあなただって美容院へ行ったでしょ。年輩になると、かえっておしゃれになるものよ」

「どうしよう」

「あなたになにか心当たりはない。大中の身近にいるかもしれない美容関係の人間に」

「まったくないね。おれは命令に従って動いただけだから」

「とにかくこの手がかりは警察はもっていないわよ。あなたが現場でにおいを嗅いでから警察が現場に出向くまで四十八時間以上経っているから、においが残っているはずがないわ」

「警察におしえるべきだろうか」

「そうねえ。おしえ方が難しいわね。犯行直後現場に居合わせた者でなければにおいを嗅げないし。いたと言えば犯人と疑われるし」

「どうせもう疑われているよ」

「警察には私が匿名の情報提供の形で通報しておくわ。そろそろここも切り上げ時ね。これ以上滞在すると目立ってくるわ。変装もしたことだし、近いうちに発《た》ちましょうか」

「どこへ行くつもりだい」

「黒部《くろべ》を越えて富山の方へ行ってみない」

「どこへでもあなたの行く所へ行くよ」

「その前にあなたの発見を警察へ通報しておくわ」

二人が相談している矢先に宿の主人から魅力的な誘いをうけた。

「こんな山奥に滞在されていても飽きるでしょう。実は明日、三俣《みつまた》山荘へヘリが荷上げします。座席が二つほど空いていますから、もしご希望なら頼んであげますよ。歩けば二日行程の北アルプスのど真ん中に十分くらいで一飛びです」

主人の話によると長野、岐阜、富山の三県の境をなす三俣蓮華岳《れんげだけ》の山荘は北アルプスの中枢部に位置しており、アルプスの楽園と称される「雲ノ平」観光の基地でもあると言う。帰路もヘリを利用すれば都会の歩道の延長のように三千メートルの雲表の楽園に立てることになる。山開きを控えて、山はいま最高の状態にある。

「こんなチャンスでもなければ行ける所ではないから、行ってみましょうか」

弘子はすっかりその気になっていた。天候が悪化して迎えのヘリが来なかったら、山上に孤立することになる。だが三千メートル雲表ということが、下界の追及を振り切れるような錯覚をあたえた。錯覚が不安を打ち消した。

3

そのころ北浦が行った大町市の美容院の従業員寺岡清子《てらおかきよこ》は、同棲《どうせい》中の西野武《にしのたけし》に今日の昼間店に来た客のことを話していた。

「今日ね、なんだか恐いお客が来たわよ」

「恐い客ってなんだ」

西野はあまり興味のない声で言った。彼は松本に本拠がある暴力団森口《もりぐち》組の末端組員である。森口組は極東角正連盟と誼《よし》みを通じている。だが西野のような末端組員は、独自の収入源《シノギ》を見つけられず、女にぶら下がって生きている。彼女が美容師なので文字どおり「髪結いの亭主」である。西野は亭主ですらない。

「あのお客あなたと同業よ。それも凄《すご》い迫力だったわ。きっと名のある組の大幹部だわよ」

「そんな大幹部がこんな草深い所に来れば、たいていわかるよ」

西野は彼女から明からさまに貫禄《かんろく》ちがいのような言い方をされて、少しむっとした口調になった。

「お忍びよ。凄くきれいな女の人を連れていたわ。ここらのお客とは全然センスがちがうのよ」

「女連れの極道が山しかないこんな町でうろうろしているはずがねえよ」

「私、あの客の顔たしかどこかで見た記憶があるのよ。それもつい最近のことなの」

「つまりありふれた顔ってわけだ」

「そんなんじゃないわよ。新聞やテレビでもないし。左の目尻《めじり》にホクロがあって。たしかに見ているんだけどなあ」

「いいじゃねえか、そんな野郎のことは。それより、こっちへ来いよ」

西野は少しいらいらした声を出した。

「ほら、よくあるじゃない。もう少しでおもいだせそうで、おもいだせないときって、凄くもどかしいでしょ。困っちゃったなあ。あのお客のことが気になって、今夜眠れないかもしれないわ」

「心配するな。そんなこと言ってて、眠れなかったためしはねえだろ」

「なんだか私が眠り姫みたいじゃないのよ」

「ぷっ、お前が姫だって⁉　眠り豚じゃねえのかい」

「ひどいわ。もう怒ったから今夜はお預けよ」

そんなけんかをしながら、その夜は寝た。翌朝まだ寝床の中で白河夜船の西野を残して清子は出勤した。

狭い町なので、自転車通勤ができる。勤め先まで自転車で行く。途中派出所の前を通りかかった。毎朝の通勤コースである。派出所前の掲示板の前を通り過ぎかけて、そこに貼《は》られている指名手配者のポスターになにげなく目を向けた。これも毎朝見ているポスターである。

いったん通過して彼女は愕然《がくぜん》とした。ブレーキをかけて掲示板の前へ引き返す。まじまじとポスターの一枚を見つめた。

「この人だわ」

昨日から頭に引っかかっていた霞《かすみ》が急速に晴れた。昨日パーマをかけに来た男の客の顔がポスターからにらんでいる。目鼻立ちが整った鋭角的なマスクである。左の目尻のホクロが表情を引きしめるアクセントとなっている。写真では表情が固定されているので迫力が半減するが、昨日彼を担当した清子は、全身から放射されるような凶悪な気配におっかなびっくりであった。

清子はもよりの公衆電話に走り寄った。自宅のナンバーをダイヤルする。十数回ベルが鳴った後、ようやく西野の眠そうな声が応答した。

「なんだ、清子か」

西野は電話口で大あくびをした気配である。

「なんだじゃないわよ。いつまで寝ているつもりなの。あなたこそ睡豚《すいとん》になっちゃうわよ」

「なんだよ、そんなことを言うためにわざわざ電話をかけてきたのかよ」

「そうじゃないわよ。わかったのよ、昨日のお客の正体が」

「昨日の客?」

西野はすっかり忘れているらしい。

「ほら、あなたと同業のようだと言った客のことよ」

「ああ、その客か。正体が割れてがっかりだったろう。つまんねえことを電話してくるなよ」

「つまらないことかどうか聞いてよ。あの人、殺人犯よ。指名手配されてるのよ」

「なんだって」

「交番の掲示板に写真が出てるわよ。実物と少し様子がちがっているけど、まちがいないわよ」

「だったら届け出てやんなよ。おれは関り合いになるのはごめんだぜ」

「それがあなたの所属している組の友好団体の人よ。丸満連合の偉い人を殺した疑いで全国指名手配になっているのよ。初めから関り合いじゃないの。もっともあなたのような三《さん》下《した》組員には関係ないかもしれないけど」

語尾は皮肉っぽく言ってやった。

「そいつはなんていう名前なんだ」

「北浦良太と書いてあるわ」

「たしかにそいつにまちがいねえんだな」

西野の声から完全に眠けがとれている。彼も「角丸戦争」については知っている。その余波はこのあたりにも波及して両系の小ぜり合いが生ずる。

角正の刺客が丸満の軍師を刺したということで、いま両派の緊張が最も高まっている時期である。最悪の場合、全面戦争に突入しかねない雲行きである。

そんな時期に当の刺客が、近くに姿を現わしたという。

「清子、その客はおまえの店からどこへ行ったかわかるか」

「知らないけど、タクシー呼んでたから問い合わせればわかるとおもうわ」

狭い町なのでタクシーは限られている。タクシー会社に問い合わせた結果、該当する男女を葛温泉まで運んだ事実が突き止められた。

西野は早速、自分の（清子の）発見を組の幹部の後藤《ごとう》に伝えた。後藤は西野がびっくりするような反応を見せた。

角正連盟の本部から、もし北浦を発見したときは、密《ひそ》かに捕えて連絡してもらいたいという依頼がきていたのである。

角正は明からさまには言わなかったが、その肚《はら》は見えている。北浦を秘かに始末して、丸満の報復の鉾先《ほこさき》を躱《かわ》そうとしているのだ。

ヤクザの自衛の常套《じょうとう》手段である。北浦には気の毒だが、組のためこの際、人身御供《ひとみごくう》になってもらわなければならない。

後藤は直ちに行動を起こした。腕の立つ若い者五名と二台の車に分乗して葛温泉に向かった。この際、北浦を捕えて角正に恩を売っておくのだ。

手練《てだれ》の刺客らしいので油断はできない。女連れというから、まず女を人質に取って捕えるのがよいかもしれない。

「いいか、抜かるんじゃねえぞ」

後藤は部下に発破をかけた。

4

六月二十七日早朝、北浦良太と塩沼弘子は宿の主人の運転するバンに乗せられてヘリポートへ向かった。

ヘリポートは高瀬ダムによってできた人造湖の畔《ほとり》にあるという。バンは急勾配《こうばい》の道路を喘《あえ》ぎながら登って行く。

長いトンネルをいくつも潜り抜ける。ようやくトンネルから出てホッとする間もなく、さらに長いトンネルの闇の中へ潜り込んで行く。車に乗っていてもかなり長く感じられるトンネルを歩かせられるのは、大変な苦痛にちがいない。

「ここは登山者を歩かせる道ではありません」

主人が言った。以前は高瀬川に沿った瑞々《みずみず》しい林道であったのが、ダムの出現によって長いトンネルの断続する無味乾燥な自動車道となった。だが七倉《ななくら》の先にゲートがあり、そこから先は一般車は通行禁止となっている。もちろんバスも運行されていない。

雲ノ平や三俣蓮華岳などの北アルプス核心部を志す登山者は、トンネルの連続する長いアプローチに耐えねばならなくなった。

「以前はアルプス裏銀座コースの入口とあって登山客がぞろぞろ押しかけたものだが、ダムができてからさっぱりだね」

　主人は残念そうに言った。

　トンネルをいくつか潜り抜け、屈曲の激しい道を登り切ると、右手に青い山間の湖が見えてきた。

　朝靄《あさもや》が水面から立ち昇り、その背後から高い山が覗《のぞ》きかけている。湖岸から屹立《きつりつ》する山が高いので、幽邃《ゆうすい》の気が深い。湖面のはるか高みにのびやかな稜線《りようせん》が見える。上高地から仰いだ穂高のような豪快な岩襖《いわぶすま》のダイナミズムはないが、雲に届く高度と、湖に影を落とす山容の量感は遜色《そんしよく》ない。

　湖は烏帽子岳、野口五郎岳《のぐちごろうだけ》、鷲羽岳《わしばだけ》、三俣蓮華岳へとつづくアルプス裏銀座の山脈《やまなみ》と、餓鬼岳《がきだけ》から燕岳《つばくろだけ》、槍ヶ岳へ至るアルプス表銀座の山脈にU字型に囲まれて青い水を蓄えている。

　山気はますます深まり、湖を囲む山は切り立ってくる。山麓《さんろく》を濃い緑が埋め、中腹から稜線にかけて残雪が嵌《は》め込まれている。山間の底から振り仰ぐ空の面積が限られている。限られた分だけ青さが濃縮して見える。

　バンは小一時間走って、湖岸がやや湖の方へ突き出した形の辺に停まった。湖岸に泥がたまり、砂嘴《さし》のように湖中へ突き出た個所に物資が山積みされて、数人の男が働いていた。ヘリの姿は見えない。

「お客さんを連れて来ただ。よろしく頼むで」

主人が、男たちの中のリーダー格に言った。体格がよく穏やかな風貌《ふうぼう》の男である。ひげが濃く、一応剃《そ》ってあるが、凄《すさ》まじい〝虎刈り〟である。彼が山荘のオーナーであった。

「ヘリは間もなく来るで、ちょっくら待っていてください」

オーナーは人なつこく笑いかけた。宿の主人の話では、そのオーナーがこの林道の終点から三俣山荘までほとんど独力で新道を開発したということである。その新道によって二日圏であったアルプス中枢の山々が一日圏になったが、高瀬ダムの出現でまた以前の「遠い山」へ戻りつつあるそうである。

男たちは物資を種類別に仕分けし、ヘリ積み用に区分している。

てんでに勝手に働いているようでいて、それぞれの仕事がおのずから定まっている。そんな様子を横目にして、ヘリが来るまで茫然《ぼうぜん》と為《な》すこともなく待っていると、逃避の旅の侘《わび》しさが身に迫ってくる。

ヘリはなかなか来なかった。太陽の位置が変るにつれて、山と湖も表情を変えてくる。視野の限られた空に雲が吐き出され、安定していた自然が躍動してくる。

いいかげん待ちくたびれたころに爆音がした。爆音の方角に目を向けたときは、すでに機影は近づいていた。湖面が一斉に騒《ざわ》めき立ち、砂嘴から濛々《もうもう》と砂埃《すなぼこ》りが舞い立った。

「お待たせしました。さあ、お乗りください」

オーナーがにこにこ笑いながら声をかけた。機内は狭く、パイロット以外に数席しかない。オーナーと二人が乗り込むとほぼ満席である。物資はどこに積むのかとおもっていると、また回転翼《ローター》がまわり始めた。

着陸時以上の砂埃りをかき立て、機は離陸した。物資は網に一まとめにして機体の下にぶら下げている。

エンジンの出力が全開となり機は高度を上げた。湖水がみるみる足下に沈み、立ちはだかっていた山腹に沿って上昇している間に、雲と同じ高度を飛んでいる。

機は細長い高瀬湖を遡行《そこう》する形で飛んでいるらしい。眼下の赤茶けた岩の谷底を赤黒く濁った水流が走り落ちている。

機窓左手に鋸歯《きょし》のような赤い岩稜《がんりょう》越しに槍の穂のように尖《とが》った岩の尖峰《せんぽう》が頭をもたげてきた。初めて見る目にもそれが「槍ヶ岳」であることがわかる。中腹に白雲を侍《はべ》らせ、残雪をまとい鋭い岩峰をぐいと突き上げている山容は鋭角的であるが、それにも増して眼下に広がる重畳たる山脈の規模が目を奪った。

二人はこれまでこのような景観を見たことがなかった。いずれも名だたる日本の高山、名峰が機の下に妍《けん》を競っている。山の名は知らぬが遠く近く競い立つ山体の尋常でないことはわかる。ヒマラヤのように「天地の境」とか、「神の座」と形容するほどの荒涼とした途方もない隆起と剝《む》き出しの岩の骨格はなかったが、槍ヶ岳を一つの頂点として南北にたたなわる巨大な山岳は、非の打ち所のない嫋《たお》やかな美女の寝姿に見えた。聳《そび》え立つ峰々は荒々しく男性的なのであるが、残雪の象眼や山麓《さんろく》の湖水を配した俯瞰図《ふかんず》が、比類なく優美であり、むしろ人為の計算すら感じさせるほどに完璧《かんぺき》な布置となって展開されている。

機は景観の極まった所で右へ旋回した。糸のような登山道が地獄の釜《かま》の底のような赤茶けた谷間から這《は》い上がって来ている。視野が一瞬に開けて、高峰に囲繞《いにょう》された高原の上空にさしかかった。赤い屋根の山荘が見えてきた。山荘前の広場に数個の人影が見える。ヘリが高度を下げはじめた。三俣山荘へ着いたのである。

5

西野に案内された森口組の男たちは、葛温泉に着いた。

「いいか。大中を刺したほどの野郎だ。抜かるんじゃねえぞ」

取りかかる前に後藤が注意した。それぞれが武器を隠しもっている。彼らが来る少し前にヘリポートへ北浦と弘子を送って行った主人が帰って来ていた。彼は一見してそれとわかる人相の悪いサングラスの連中に眉《まゆ》をひそめた。間もなく山開きで登山本番のシーズンとなる。そんな矢先にこんな連中に滞在されたら、一般の客足が遠のいてしまう。

「こちらに北浦良太という客が泊まっているはずだが」

リーダー格（後藤）が主人に問いかけた。

「さあ、そういうお客さんにはお泊まりいただいておりませんが」

主人は嘘《うそ》をついたわけではない。北浦は「山岡一郎」という名義で投宿していたのである。

「そんなはずはない。たしかに泊まっているはずだ。証人がいるんだ」

「いえ、そういうお客はいませんよ」

「偽名を使っているかもしれねえな。二十四、五の様子の美い《い》女と一緒だ。昨日パーマをかけている」

主人は直ちにヘリで三俣山荘へ送った二人と理解したが、咄嗟《とっさ》に両名の行先をおしえないほうがいいと判断した。主人にとっては客である。

「その方なら今朝早く出発されましたよ」

「なに！　どこへ行ったんだ」

リーダーはじめ一行からザワッと危険な気配が揺れた。

「さあ、特に行先はおうかがいしませんでした」

後藤は大きく舌打ちして、いったん引き揚げかけたが、

「疑うわけじゃねえが、ちょっと旅館の中を見せてもらうよ」

主人がいいとも言わないうちに、子分たちに顎《あご》をしゃくって上がり込んだ。幸いに滞在客はなく、山から下りて来たばかりの登山客が憩《やす》んでいただけである。

後藤グループは他の二軒の旅館を調べた後、ようやく引き揚げた。

「西野、まさか、偽情報《ガセ》じゃあるめえな。とんだ人騒がせだぜ」

グループの非難が西野に集中したのを後藤が抑えて、

「待て。どうもおかしい。今朝発《た》ったということだが、途中でバスかタクシーに出会ったか」

大町の近くまで一本道である。

「そんなものに遇《あ》わなかったぜ」

「じゃあどうやって行ったんだ。まさか歩いて行ったわけじゃあるまい」

「歩いて行けば、余計目立つだろう」

「じゃあ旅館のどこかに隠れてやがったのか」

「いや。やつはおれたちが行くことを知らなかったはずだ。それに隠れる場所はなかった」

「それじゃあ、どこに」

「旅館を出発していながら、おれたちとすれちがわなければ、行先は一つしかない」

「そんな行先があるんですか」

「一本道ですれちがわなければ、行先は決まってるだろ」

「すると、山の方へ？　まさか」

「それ以外に考えられない。やつら山へ登ったかもしれねえ」

「山へ登ったって、アルプスへですか」

子分たちが、辟易《へきえき》した表情になった。駅の階段でも息を切らすような登山に縁のない連中だけに、二人を追って山登りをするのをおもったただけで、うんざりしたのである。

「葛温泉の奥は、烏帽子や三俣蓮華などという山を越えて飛騨《ひだ》の方へ抜けられる。やつらが行かないとは限るまい」

「それじゃあおれたちも追いかけて行くんですか」

「ともかく行ける所まで追いかけてみよう」

「これから先は一般車通行禁止ですが」

「かまうこたあねえ、ぶっとばせ」

彼らは再び車に分乗して奥へ遡《さかのぼ》った。だが高瀬湖の最南端、道が尽きる所まで行っても遂に二人の姿を捕捉《ほそく》できなかった。途中砂嘴《さし》のヘリポートで働いていた人々が休憩中で、グループの死角に入っていたことも、両人に幸いした。

「ここまで追って姿が見えないところを見ると、途中から山へ登ったのかもしれねえな」

後藤は山の方へ目を向けた。七倉から烏帽子岳への登山路がある。だが後藤には山の上まで追いかけて行くだけの気力はない。斬《き》った張ったには容易に身体を投げ出せるが、登山となると、まったく異次元の世界なのである。(角正のためにそこまですることはあるまい)とおもった。

後藤は、二人が立ち去ったとおぼしき山の方角へ目を向けた。すでに彼らが発った時間との間に数時間の開きがある。

稜線《りょうせん》に雲が湧《わ》き、高度感を打ち出していた。

第十一章　合同した被害者

1

大中和幸《おおなかかずゆき》殺しの捜査も膠着《こうちやく》していた。暴力団抗争の線から浮かび上がった北浦良太の行方は依然としてつかめない。全国指名手配の網を潜り、どこに隠れ潜んでいるのか、まったく消息がつかめない。

捜査本部の中には、すでに人知れず殺されてしまったのではないかという見方が強まりかけていた。

だが、一方では「丸満が報復するにせよ、あるいは角正が丸満の報復を躱《かわ》すために内部で始末をつけるにせよ、必ず死体を現わすはずだ」という意見が根強く生きていた。

菅原刑事もその意見の熱心な支持者であった。北浦はどこか山奥か孤島に潜伏しているにちがいない。

また北浦の行方と並行して大中の人間関係の捜査も進められている。それは暴力団の刺客にしては犯行手口に一抹の疑惑が残されていたからである。

北浦が角正の刺客として送り込まれて来たのであれば、成功率の高い飛び道具を使ったはずである。暴力団でも刃物を使うのは、たいていチンピラのけんかである。

大中のような大物の暗殺に刃物が用いられたことで、「別の線」も捨て切れないのである。


事件発生後第一期（二十日間）が過ぎて、捜査本部の中に焦燥の色が濃くなってきた。そんな時期に、一人の老女がおずおずと訪ねて来た。

「やあ、お婆ちゃん、なにか用かね」

ちょうど居合わせた菅原が応対した。老女は大中のお手伝い、西沢このであった。菅原は彼女がなにか情報を咥《くわ》え込んで来たのを察知した。

警察、それも殺人事件の捜査本部に来たのは初めての経験らしく、おどおどしている。西沢このは、菅原の顔を憶《おぼ》えていて、ホッとした表情を見せた。

菅原は老女の緊張を解くべく、来客用の応接室へ通した。お茶を運ばせて、

「あの節はいろいろとお世話になったね。まだ犯人が挙らなくて面目なくおもっています」

菅原はつい弁解調になった。菅原の気さくな様子と、お茶を一杯すすったおかげで、少

し身構えが緩《ゆる》んだこのは、

「お世話になったのはこちらでございますよ。その後、犯人の行方はわかりましたか」

と問うた。その口ぶりは捜査の行方を関心をもって見つめていることを示している。

「残念ながらまだですよ。整形手術でも施して隠れているんじゃないかとおもっています」

「そのことでちょっとお耳に入れたいことがありましてね」

老女は本題に入ってきた。見かけよりはずっとしっかりしているらしい。

「うかがいましょう」

「おもいだしたんです」

「おもいだした……」

「旦那《だんな》様が殺された後、家の中でなにか変っているような気がしたんだけど、おもいだせなかったんです。それをおもいだしたんです」

菅原は上体を乗り出した。老女はやはり重大な資料を咥え込んで来た。

「なくなっているものがありました」

「なくなったものはないようだと言ってたね」

「それがなくなったものがあったんです」

菅原が目でうながした。

「写真です。旦那様にはカメラの趣味があって、気に入った写真を撮ると、大きく引き伸ばして額に入れて飾っていたんです」

「……」

「その写真が額ごとなくなっていました。殺されていた居間の壁に飾ってあったんです」

「どんな写真ですか」

「燃えている車です。交通事故で燃え上がった車を、たまたま旦那様がその場所に行き合わせて夢中でシャッターを押したとおっしゃっていました」

「いつごろ撮影した写真ですか」

「七、八カ月前だったとおもいます」

「正確な日付けは憶えていないかね」

「そこまでは憶えていません。旦那様もいつ撮ったとはおっしゃらなかったからね」

「写真は一枚しか飾ってなかったのかね」

「一枚だけでしたよ。よほど気に入ったんでしょうね。車の中で人間が燃えている凄《すご》い写真でしたよ」

「人間が焼け死にかけているのを撮ったのかね」

「旦那様は、火の勢いが強くてとても救けられないとおもったので、写真を撮ったとおっしゃっていましたよ」

現場を検索したとき、高級カメラが数台あったが、拡大して飾ってあった写真はなかった。原板《ネガ》もかなりの量が残されていたが、ファイルされず、乱雑に放り出されていた。あくまでも素人の趣味の程度でほとんどが撮りっぱなしの状態であった。

だが人間が焼け死にかけていた光景を撮影したとなると見過ごしにはできない。遺族の怨《うら》みを蓄えるだけの行為である。

2

赤阪直司は、深草美那子殺しと大中殺しが共通の犯人によるものか、なんらかの関連があるものとおもっていた。警察はまだ嗅《か》ぎつけていないようだが、両名にはつながりがあるとにらんでいた。

おそらく美那子はあの夜、大中と一緒に旅行する予定であったのだろう。それが大中にすっぽかされて、腹立ちまぎれに赤阪をピンチヒッターに仕立てたとおもわれる。

後になって大中が来られなかった理由（殺されていた）がわかったが、約束の時間に現われず、連絡も取れないときは、ずいぶん怒っていたにちがいない。

それでいて独りで先へ行く気になったのは、行方がわかっていたからだ。途中から赤阪に乗り換えて従《つ》いて来たのは、大中に対する面当てか、美那子の浮気の虫によるものか、そのどちらかであろう。

あるいは大中と目的地で待ち合わせていたのかもしれない。

大中と合流するまでの〝穴埋め〟に赤阪を充てたのか？

ところが、大中には口約束だけで、まったく旅行に来る気はなかったとも考えられる。

当夜のグリーン車に空席がなかった事実からも、推測できる。美那子もある程度、大中の気のないのを察知していたかもしれない。

大中の別荘かセカンドハウスでも中央本線沿線にあれば、美那子との関係は証明されたとみてよいだろう。あのときの美那子の様子から少なくとも甲府より先へ行く気配であった。

そう言えば蓼科は初めてだと言いながら、なんとなく勝手を知っていた様子があった。白樺湖だの女神湖だのという名前がすらすらと口から出たし、森の中の「淫《みだ》らな散歩」をしたときも、彼女に先導された形であった。「甲府まで行けばかなり空く」ことも知っていた。「茅野まで行けばそこから乗って来る人はいない」とも言っていた。初めての振りをしながら実は何度も行ったことがあるのではないのか。

蓼科に大中の別荘があるのかもしれない。赤阪の思惑は脹《ふく》らんできた。

赤阪は一計を案じた。事件を追跡した週刊誌によると、現在大中の家は、空家になっている。最初の妻との間に二人、二番目との間に一人子供がいて、現在相続分で争いが起きているという。

大中の家は老女のお手伝いが昼間だけ留守番をしているそうである。大中の会社が相続が確定するまで住み込みで管理してくれと頼んだが、気味が悪いので昼間だけ来ることになった。老女が知っているかどうかわからなかったが、赤阪は電話した。

「私は不動産会社の者ですが、亡くなられた大中さんの蓼科と軽井沢の別荘について、ちょっとご相談申し上げたいのですが」

赤阪はかまをかけた。

「あら軽井沢にも別荘があったかしらね」

老女はまんまと引っかかってきた。

「軽井沢でなければ蓼科だけでも」

赤阪は誘導尋問の糸を引いた。

「私ゃなんにもわからないから、会社の方へ電話しておくれな」

「実は会社の方へお電話いたしましたところお邸《やしき》と別荘についてはすべて西沢様にお任せしてあるので、あなた様にお尋ねするようにとのことでした」

「あら、白川さんがそんなことを言ったかね」

老女は「すべて任せた」と聞いて悪い気はしないようである。

「はい。西沢様の許可がなければお邸の縁の下の蜘蛛《くも》の巣一つ除《と》れないとおっしゃってました」

「まあまあ大袈裟《おおげさ》なことを。おほほ」

老女は上機嫌になった。

「そこでおうかがいしたいのでございますが、蓼科の別荘をしばらくご使用になってないご様子なので、当社に管理をお任せいただけないものかとお電話した次第でございます。ご不在中のお手入れ、管理はもちろんのこと、もしご不用になった場合は、その売却の斡《あっ》旋《せん》まで一切当社がお引受けいたします」

「私には処分権はないけど、会社がそういうんなら、管理ぐらいならやってもらってもいいかもしれないねえ。前から不用心だとはおもっていたのさ」

老女は乗ってきた。

「それでは早速参上いたしますが、念のために、別荘の正確な住所をおおしえいただけないでしょうか」

「私も旦那様に従いて二、三度行っただけだから正確な住所なんて言われても知らないよ」

「それでは大体の所で結構ですが」

「蓼科で一番、旅館や別荘が建っている所だよ。プール平《だいら》とか言ってたよ」

プール平ならば、深草美那子と一緒に泊まったホテルの近くである。赤阪は道理でとおもった。美那子は初めてのような顔をして、勝手知ったる場所であったのだ。プール平なら、大中が後から来てもすぐ駆けつけられる。大中にすっぽかされた腹いせに、赤阪をつまみ食いしたのだ。だが大中がすでに殺されていて連絡が取れなかったので帰京した。

彼らが帰京してから大中の死体が発見されたのであるから、美那子が犯人でなければ彼女は大中が殺された事実を赤阪と一緒にいる間、知らなかったはずである。腹を立てていたので、帰京後も大中の家へ行かなかったのだろう。あるいは彼の家へ行って死体を発見したものの、自分の立場を考えて黙秘していたのか。

大中の死体が発見されて途方に暮れた彼女は、善後策を赤阪に相談する気になったのだろう。列車に乗ってからのアリバイの証人は赤阪しかいないのである。

「私も前から一度行きたいとおもっていた所だわ。蓼科には温泉も豊かだし、白樺湖とか、女神湖などというロマンチックな湖もあるんでしょう」と言った美那子の言葉が改めて空々しく思い起こされた。

なにが行方も定めぬまま、行き当たりばったりの列車に乗って気が向いた所で下りてか、空々しい——と赤阪はおもった。要するに本来のパートナーと共に行く予定だった場所の、ほんの一時の〝穴埋め〟ではないか。

だが、それを言うなら赤阪も同じである。山添延子の穴埋めに美那子を使ったのだ。文句を言える筋合ではない。それにしても美那子が役者だというおもいは否めない。

これでおおかた美那子と大中の関係はつかめた。だが赤阪は二人の有無を言わせぬ証拠を突き止めたかった。美那子が〝途中下車〟した先に、大中の別荘があったというだけでは、警察を納得させるに弱い。

大中邸に忍び込むのは論外である。現在空家ということだが、危険が多すぎる。そんな場所でもし捕まったら言い逃れができない。

だが別荘ならはるかに危険が少ない。戸締まりもそれほど厳重ではあるまい。赤阪はこの別荘の中に美那子と大中の関係を示すものが残っているかもしれないとおもった。

赤阪の推測によれば、大中は生前美那子と別荘に行く予定になっていた。それが出発直前に殺されてしまった。

美那子も赤阪との行きずりのアバンチュールに忙しくて、別荘に立ち寄る暇がなかった。あるいはアバンチュールに堪能《たんのう》してその意志を失った。別荘に両名の関係の痕跡《こんせき》が残っている可能性はかなり大きいとみてよいだろう。

赤阪は思惑を脹らませている間に、大中の蓼科別荘を覗《のぞ》きたいというおもいに取り憑《つ》かれてしまった。そしてうまくいけば両名を殺した犯人の手がかりをつかめるかもしれない。

赤阪は言葉巧みに西沢このを誘導尋問して別荘の在所を聞き出した。六月の末に赤阪は遂に大中の別荘に忍び込むための〝冒険旅行〟に出発した。前回美那子と共に行なったアバンチュールとはべつの意味の冒険である。

まだ夏のシーズンは開幕前であるが、週末は避けた。会社はどうせ窓際の身分であるので、いつでも休める。

午前の遅い列車で新宿を発《た》って、午後の日の高い間に蓼科へ着いた。旅館へ入る前に大中の別荘の偵察をした。

プール平の一角、カラ松の間に建つ山小屋風の建物で、侵入にさしたる困難はなさそうである。偵察がすむと、前回のホテルは避けて、プール平の旅館に入った。ここは蓼科の中心地にあり、二十軒の旅館、六百以上の別荘が集中している。

蓼科のような土地柄では温泉旅館に一人で投宿する客も珍しくないらしい。今回のような目的で来た身には、旅館の不審を招きたくない。

「動物学者で、森の動物の夜の生態を観察したいので夜間出入りするが怪しまないように」

と旅館にあらかじめ言っておいた。それらしき双眼鏡やカメラを出し入れして見せると、すっかり信用したらしい。

赤阪は夜間になるのを待って行動を開始した。カメラ、カセットレコーダー、ライト、双眼鏡、ペンチ、ドライバー、手袋等の〝七つ道具〟で武装する。カメラはあながちカモフラージュのためだけではない。

赤阪のために旅館の玄関は開いていた。赤阪は偵察で見当をつけておいた道を取った。昼とすっかり様子が異なっていて、危うく迷いそうになった。林の間に散在している別荘は、まだシーズン前のせいかほとんど無人である。カラ松の林の中の別荘は夜の闇《やみ》の中ではみな同じ形に見える。目印がないので、自分の居る場所の見当すら失われる。

ようやく別荘を囲む柵《さく》に「大中」の表札を見つけたときは、一仕事終えたような気持になった。

柵を越え、もののけの影のようにうずくまる山荘へ向かう。幸いに梅雨模様の重い雲がたれこめて、闇が濃い。玄関のドアは頑丈な樫材《かしざい》で、びくともしそうにない。最初から玄関はあきらめている。

裏手へまわって偵察時に目をつけておいた小窓の下へ達した。浴室かトイレの窓らしい。ペンチとドライバーとハンマーを使って、容易に侵入口をこじ開けることができた。入った所は案の定浴室であった。

浴室のドアを開くと廊下になっている。一階は暖炉のある居間《リビング》を中心にダイニングキチン、浴室、トイレなどで構成されている。寝室は二階になっているらしい。

不在にしている割には、すぐにも使用できるように整頓《せいとん》されている。一通りの家具、生活用具は揃《そろ》っている。試みにキチンの冷蔵庫を開いてみた。かんづめを中心に冷凍パック食品、ビールなどが入っている。

一階フロアには特に両人の手がかりを示すようなものは見当たらない。赤阪は玄関ホール左手にある階段を伝って、二階へ上がってみた。二階にはベッドルームと和室が並んでいる。

ベッドルームを覗いた後、和室に入った赤阪ははっとした。隣室との隔壁にかけられている額入りの写真に目が貼《は》りついた。交通事故の現場を撮影したらしく、車が炎上している写真である。

だが赤阪の目を捉《とら》えたのは、その燃える車内にはっきりと見て取れる影である。それは人間の形をまだ留《とど》めていた。

撮影者は、生きている人体が焼却されている構図を冷酷にファインダーの中に狙いながら、シャッターを切ったのである。

被写体に接近して撮ったのか、それとも望遠撮影による拡大画像なのか。いずれにしても燃える車内に閉じ籠《こ》められた人間が、身悶《みもだ》えしながら焼かれている光景にレンズを向けてシャッターを切った神経は尋常ではない。カメラを捨てて救助に当たれば、あるいは車内の人間を救い出せたかもしれないのである。

写真に目を近づけた赤阪をさらに驚かせるものがあった。写真の下端に「十一月十八日」という撮影日と「深草美那子撮影」という文字が書き込まれてあったのである。

この残酷な画像の撮影者が、美那子であったとは。遂に大中と美那子の関係を示す証拠物件を見つけたことも忘れて、赤阪はしばしその場に棒立ちになった。

本当にこの写真を美那子が撮ったのか。現物を目の前にしても、赤阪は信じられぬおもいであった。だれかが、あるいは大中が、美那子の名前を騙《かた》ったのではないのか。

だが別荘に飾っておくのに、そんなことをする必要がないことに気がついた。

赤阪は驚きから醒《さ》めると、その額入り写真を取りはずした。写真を額から取り出すと、往路を引き返して別荘の外へ出た。旅館へ帰って来ると全館の灯が消えていた。

いまや大中殺しと美那子殺しはなにかのつながりがあることは確かである。だがこの写真を警察に提出すると、赤阪は窃盗罪に問われる。それを大目に見られたとしても、違法な方法で入手した証拠は証拠能力を否定されて、法廷で採用されないと聞いたことがある。

これほどの爆弾資料を手に入れて死蔵しているのは辛《つら》い。まだ警察は大中と美那子を結びつけていない。証拠能力の有無を別にしても、両人の殺人事件を結びつけるだけでも犯人に迫れるというものである。

赤阪は帰京すると、熟考した末、写真を焼き増しして両件の捜査本部に匿名で送りつけた。

ちょうどほぼ時を同じくして菅原刑事は西沢このから、事件発生後、大中邸から失われたものの届け出をうけた。

3

大中邸にあった大量のフィルムの中には、そのような原板《ネガ》はなかった。

菅原は大中邸を令状を取って、再検索したが、老女が申述したような写真に該当する原板を発見できなかった。

老女の言葉に基いて撮影日と目される七、八カ月前の交通事故の記録を調べてみた。写真の構図から数台の追突事故のようである。

多くの記録を探すまでもなく、昨年十一月十八日、豊島区内の幹線道路で三台の乗用車が玉つき追突を起こしていた。先頭車が子供に空きかんを投げ込まれて急停止した後に二番車、三番車が突っ込んだ。サンドイッチにされた二番車の人間は、車内に閉じ籠められたまま逃げ遅れ、焼死したという事故である。被害者と事故に巻き込まれた者の名前を見た菅原は目を剝《む》いた。

なんと三番車に大中和幸が乗っていた。同乗者は深草美那子という女性である。菅原はその女性の名前をどこかで聞いたような気がしたが咄嗟《とっさ》におもいだせない。

また一番車には山添延子、二番車に乗っていて焼死した者は前沢泰子《やすこ》（二六）、正《ただし》（三）母子である。住所は世田谷《せたがや》区太子堂《たいしどう》三－××、たまたま前日から練馬区にある実家へ子供を連れて遊びに行った帰途事故に巻き込まれたものである。夫の前沢雄爾は美容院を経営しており、一足先に帰ったために奇禍を免れた。

泰子も美容師であり、夫婦で事件発生一年前に太子堂に開店したのが、この事故で前沢は妻子と共同経営者を一挙に失ってしまったのである。

菅原は、先頭車の山添延子の名前に記憶があった。

「これは隣り（新宿署）のヤマのガイシャじゃないか！」

同時に連想の火が走って深草美那子の身許《みもと》を想い出していた。大中が殺されて数日後、戸塚署管内で殺された被害者の名前が、同じである。大中の三人の愛人の中に彼女の名前はなかった。

相前後して発生した殺人事件の被害者が、すべて七カ月前の交通事故の関連人物であった。これはどうしたことか。菅原はしばし茫然《ぼうぜん》とした。

そのときを狙《ねら》っていたように名前を秘した若い女性から捜査本部に電話による情報提供があった。

「大中が殺されていた部屋に犯人が身につけていたと考えられるパーマをかけるときに用いる薬品のにおいが残っていました。美容師関係を調べてください」

と彼女は言った。電話の感度が悪く雑音が多い。

「もしもし、あなたはどなたですか。なぜ現場にそんなにおいが残っていたことを知っているのですか」

たまたま電話をうけた菅原が尋ねたが、女はそれだけ言うと、電話を切った。

匿名のタレコミの言う「美容師関係」は二番車の被害者とその夫の職業に該当する。捜査本部は色めき立った。だが警察も嗅《か》がなかった「犯人のにおい」を嗅いだということは、犯行直後（あるいは犯行時）に現場にいた事実を示すものである。

女の正体とその意図は一切不明であるが、無視できない重大な情報であった。

相前後して一枚の写真が本部に送られてきた。燃える車のナンバーから同じ交通事故を撮影したものであることがわかった。写真には次のような手紙が添えられてあった。

「偶然のきっかけから、この写真を大中和幸氏の家の中から手に入れました。撮影者は記入されている文字の示すとおり、大中氏が殺害されてより数日後新宿区西落合の自宅で殺された深草美那子さんです。私はこの両人を殺害した犯人は同一人物か、少なくとも両事件は関連しているとおもいます。どうか、その視点から捜査をされるように望みます。この写真と手紙のコピーは戸塚署にも送ります。

犯人を憎み、事件の早期解決を望む一市民」

写真には、大中の家で入手したという証明はないが、大中が関わった交通事故を撮影したものであることは確かであった。

「深草美那子撮影と記入されてあるだけで、確かに同人によって撮影されたかどうか保証の限りではない」

という意見が出たが、西沢このにその写真を示したところ、それが大中が殺された部屋に飾られていた写真とまったく同一構図であることを証言した。ただし、事件発生時に紛失した写真には撮影者の名前は記入されていなかったそうである。

大中は他人が撮影した写真を自宅に飾っていたのか。

菅原は写真と手紙の送り主の正体を思案した。まず考えられるのは、犯行後現場から写真を持ち出した者である。持ち出した写真に深草美那子の名前を記入して捜査本部に送りつけて来た？

しかしなぜそんな手の込んだことをしたのか。現場に放置しておけば、当然警察の目に触れる。

「それでは、大中殺しと深草殺しと結びつけられない。だから写真に深草の名前を記入して送りつけてきたのだ」

「そんなことをする必要はまったくない。深草美那子の名前は交通事故に巻き込まれた大中の同乗者として報道されているのだ」

「大中殺しと深草殺しが発生した時点では、両人が同じ車に乗って同一の交通事故に巻き込まれたという事実に警察は気づいていない」

「その場合でも、写真をいったん持ち去る必要はない。写真に深草の名前を記入すればすむことだ」

「そうだとすると、送り主は事件発生時から両人の殺しが関連があることを知っていたことになるが……」

「犯人自身がこんなものを送りつけてくるはずがない」

「いったい何者がなんのために……？」

議論は沸いたが、送り主についてはだれも見当がつかない。

ともあれ、写真と手紙の投じた影響は大きかった。菅原は西沢このの供述に基き「七カ月前の玉つき追突」に注目して、大中、深草、山添の殺しの関連に気がつくはずであった。それを写真と匿名の手紙が裏づけた形である。

だが送り主は、山添殺しまでが関連していることにまだ気がついていない模様である。

三署の捜査本部が連絡を取り合った。ここに三件の殺人事件の関連が初めて検討されることになったのである。

4

塩沼弘子の消息は依然として不明であった。彼女の謎《なぞ》の同行者「山岡一郎」の素姓もわからない。彼女が勤め先から取った休暇はとうに切れている。住居の様子ではいずれ帰って来る意思はありそうであるが、特に金目の品が残してあるわけでもない。このまま消息を絶ってもおかしくない状況ではある。

一方、山添延子の異性関係の捜査は行きづまっていた。彼女に多少とも関心を抱いていた男はすべて漂白された。「ミスティ以前」の男関係に遡《さかのぼ》って、捜査を進めているが、はかばかしい成果はない。

行きずりの犯行でないことは明らかであるので、犯人は被害者の生活史のどこかで殺人の動機を蓄えたはずである。

塩沼弘子が浮かび上がったが、彼女もまだ被害者の生活史に結びついたわけではない。牛尾は、山添延子のマイカー解体が、塩沼弘子の子供の轢《ひ》き逃げ被害に関わっていると見立てた自説にこだわっていた。弘子の事件後の失踪《しっそう》がそれを裏づけている。

牛尾は、その轢き逃げ事件について手に入るかぎりの資料を集めて検討した。そこで彼は重大な発見をした。

「なあ大上《ウル》さん、ちょっと気になることがあるんだがね」

牛尾は相棒の大上《ウル》の意見を聞きたいという表情で言った。

「なんですか、気になるって」

「いま気がついたことなんだがね、塩沼弘子の子供が轢き逃げされて一時間ほど後、豊島区内の幹線道路で三台の乗用車が玉つき追突をしている。サンドイッチにされた真ん中の車が火に包まれ、乗っていた人間が車内に閉じ籠《こ》められて焼死している。

ふだんは玉つきなど起きないような場所なんだが、近所の子供が先頭車の前に空きかんを投げたのが原因らしい」

「その玉つきがどうかしましたか」

大上にはピンとこないらしい。

「その先頭車にだれが乗っていたとおもう」

牛尾が大上の顔色を探るように見た。

「だれですか」

「驚くなよ。山添延子だ」

「な、なんですって」

「それだけじゃない。三番車には大中和幸と深草美那子が乗っていた。この名前を聞いたことがあるだろう」

「聞いたことがありますね」

　大上は記憶を探っている。

「お隣さんのヤマの被害者《ガイシャ》だよ。相前後して発生した……」

　大上が飛び上がった。

「相前後して別の場所で殺された三人の被害者が、いずれも同一の交通事故に関わっているんだ。これどういうことだとおもう」

「偶然とはおもえませんね」

「これが偶然であってたまるものか。この事故につながっているな」

「モーさん、すると山添が解体屋に出した車はどういうことになりますか」

「山添は轢き逃げ後の動転した状態のまま、玉つきに巻き込まれた。そして……」

　牛尾は大上の示唆する先の意味を了解した。玉つきに巻き込まれた三台の車は燃えている。スクラップに出したくとも出せない。仮に燃えなかったとしても、大事故によって大破した車なら、犬を轢いた程度の凹《へこ》みではすまない。

「すると山添はなぜマイカーを解体したのか」

　新たな疑問が生まれた。

「少なくとも玉つきに巻き込まれた車とはべつの車を解体したのですね」

「二台マイカーを所有していて、一台は玉つきに、もう一台は本当に犬を轢いたのかな」

「いくら山添が裕福でも、一台を玉つきで燃やした後なら、もう一台は犬を轢いたくらいではスクラップに出さないでしょう」

「ともかく山添が何台車をもっていたか調べてみよう」ということになって陸運支局に問い合わせたところ、T社のFFスーパーDXおよびT社1600GTRを所有していた事実が確かめられた。

だが前車は七カ月前の玉つき追突で炎上し、後車はそれから間もなく犬を轢いて解体、両車とも廃車（登録抹消）届けを出し、生前は一台も所有していなかった。

二台マイカーを所有していた者が、わずかな間隔で両車とも失った。しかも後車は自分の意思で廃車にしたのである。

その謎を留保したまま、牛尾が自分の発見を捜査会議に出し、代々木と戸塚に連絡を取り合おうとした矢先に、先手を取られた。

5

七月一日、三件の捜査本部事件の合同捜査会議が新宿署で開かれた。

捜査一課長の司会によって会議が始められた。会議の成行きによって合同捜査となる公算が大きい。別件とみられた三件の殺人事件が連続するとなると、社会的な反響も大きいので出席者はいずれも緊張している。

刑事部長の挨拶《あいさつ》の後、那須《なす》警部が立って三つの事件のあらましを説明した。

「まず五月十九日午後九時から午前一時にかけて新宿署管内で山添延子が絞殺された。痴情怨恨《えんこん》による動機が疑われて、異性関係が洗われたが、有力容疑者は浮上しなかった。同被害者が、車を解体に出したという聞込みから、同じ時期に我が子を礫過《れきか》された塩沼弘子が浮かび上がった。同女は山添が殺された前後から行方を晦《くら》まし、現在も消息が不明である。同女は五月二十日、二十一日の両日、上高地の旅館に山岡一郎なる身許不明の男と同宿した模様であるが、二十二日朝、出発後の足取りが不明となっている。

次に、大中和幸が代々木署管内の自宅で、同月十九日夜から二十日未明にかけて胸を刺されて死んだ。お手伝いの西沢このの証言によって暴力団角正連盟の末端組員北浦良太が指名手配され、現在逃走中である。

三番目に深草美那子が戸塚署管内の自宅で五月二十五日午後七時から九時にかけて絞殺された。発見者は同女と十九日夜から二十一日午後にかけて蓼科方面に一緒に旅行した赤阪直司、なお赤阪は山添延子と旅行の約束をしていたが、同女からすっぽかされたために、たまたま列車で同席した深草をピンチヒッターに仕立てたそうである。

西沢このの遅ればせの証言によって大中殺しの現場から事件後玉つき追突の写真が失われていた事実が浮かび上がり、時期を同じくして匿名の若い女の電話により、大中殺しの現場にパーマをかけるとき用いる薬品のにおいが残っていたというタレコミがあった。

また電話と前後した写真と手紙のタレコミによって三件の被害者が玉つき追突の関連人物であることが裏づけられた。

以上がこれまでに判明した事件の経緯であり、これより、三件が関連事件か否か検討してみたい。

まず検討すべき手がかりとしては、
①大中殺しの犯人はなぜ写真を持ち去ったか。
②塩沼弘子の同行者は何者か。
③塩沼弘子はなぜ行方を晦ましているか。
④匿名の電話、手紙によるタレコミの主は何者か、その意図はなにか。
⑤山添はなぜ車をスクラップしたか。
⑥北浦良太はどこへ行ったか。組に処分されたとすればなぜ死体が現われないか。
以上であるが、諸氏の忌憚《きたん》ない意見を聞きたい」

那須の要領を得た経緯説明が終ると、束の間静寂が落ちた。三件の捜査本部事件の合同会議となると、下手な発言はできない。手持ち捜査資料の交換もほとんど行なわれていない。

最初に沈黙を破った勇気ある発言者は、代々木署から会議に出席した菅原である。

「①の問題についていささか考えるところがございます。大中殺しの現場からなぜ写真が持ち去られたか。持ち去った者が犯人とすれば、写真に犯人にとって都合の悪いものが撮《うつ》っていたと考えられます。写真には犯人の手がかりが撮影されていたのではないか？

大中は七カ月前の豊島区内の玉つき追突の当事者の一人であったことが明らかになりました。他の二件の被害者もすべて当事者であります。犯人をこの事件の当事者であるとすれば、この事故を撮影した写真が犯人の手がかりを示すものであることは容易に推測されるところです。つまり犯人は、先頭車と三番車に挟まれた形で焼死した二番車に乗っていた前沢母子の関係者ではないかと考えられます」

菅原の大胆な意見に一座がどよめいた。

「前沢母子の関係者となれば、その夫であり、父親である前沢雄爾ということになりますが」

「そうです。前沢は一挙に妻子と共同経営者のすべてを失いました。彼が復讐《ふくしゅう》の鬼となって先頭車と三番車に乗っていた山添、大中、深草の三名を殺害すべき十分な動機をもつと考えます。また前沢の職業も電話タレコミを裏づけています」

「前沢による連続犯行であるとすると、山添と深草の現場にも同じにおいが残っていなければならないが、発見者も我々もそんなにおいを嗅《か》いでいない」

「においは微妙です。山添と深草殺しのときは、犯人が身につけていなかったかもしれないし、我々の鼻が嗅ぎ当てられなかったのかもしれない。発見までににおいが発散してしまった可能性もあります。現場に同じにおいが残っていなかったということだけでは、必ずしも連続犯行を否定できません」

「しかし、交通事故は故意にしたわけではない。それだけで復讐をするというのは、乱暴な気がするが」

反対意見が出された。

「交通事故そのものは偶発だったでしょう。しかし、大中と深草は、自ら二番車に追突した張本人でありながら、車内に閉じ籠められた前沢母子を見殺しにしただけでなく、二人が生きながら焼かれている光景にカメラを向けていたのです。これは前沢にしてみれば許し難い行為だったでしょう」

「そのためには前沢は大中と深草が撮影した事実を知っていなければならない。しかし前沢は事故の現場に居合わせなかったはずだ」

「それについてはこれから調べますが、事件の模様は報道されております。テレビや新聞に、大中と深草がカメラを構えている姿が撮《うつ》されていたのだとおもいます。またなんらかのチャンスによって両名が撮影した写真を前沢が見たのかもしれません」

「大中、深草については前沢の動機は成立するとおもうが、山添に対してはどんなものか。彼女は写真を撮影していない。それに二番車は山添の車の手前で辛うじて停めたそううことだ。そこへ大中の車が突っ込んで来たために二番車がサンドイッチになってしまったということだ」

「その点に関しては、私もまだ十分に説明できませんが、前沢は妻子を失い、前後の見境いがつかなくなっていたとも考えられます。前沢が犯人ならば、同じ玉つき追突事故の関係者という共通項から、三人の被害者が家の中に易々《やすやす》と引き入れたのも不思議はありません。交通事故の被害者の遺族が、直接の加害者でもない人間に復讐に来たとは夢にもおもわなかったでしょうから」

　ともかく菅原説によって、前沢が大きくクローズアップされてきた。前沢の浮上は、これまでの捜査方針を根本から覆すものである。

「しかし前沢が三件の犯人なら、北浦良太はどういうことになるのか」

　当然の疑問が出た。すでに、北浦は大中殺しの容疑者として全国指名手配されている。

「北浦の容疑は依然として捨て切れない。彼が無実《シロ》であれば、姿を隠しているはずがない。ただ彼には山添と深草を殺す動機がない」

「山添が塩沼弘子の子供の轢《ひ》き逃げ犯人であれば、塩沼も無視できない。塩沼の行方不明も気になる」

「私は、新宿署の牛尾です。山添延子のヤマを担当しておりますが、この会議に出席して、これまで見えなかったものが見えてきたようにおもいます」

牛尾が控えめに発言を求めて、ゆっくりと話しはじめた。合同捜査会議では所轄署刑事はあまり発言をしないが、隣接署で顔なじみの菅原の発言に勇気を出したらしい。

一同の視線が集まった。

「我々は塩沼をマークしてその行方を追いましたところ、五月二十日、二十一日上高地の旅館に素姓不明の男と同宿した事実まで突き止めましたが、それ以後の足取りが不明になっております。塩沼の身辺には上高地の同行者に該当するような男が見当たりません。おそらく旅行中知り合った行きずりの男であるとおもいます。

塩沼弘子は二年前に夫を交通事故で失い、それ以後、再婚もせず、男の気配もなく、子供と二人で生活をしてきました。それが子供を失い、旅に出た先で見知らぬ男を引っかけたという形です。子供を失ったショックで自棄《やけ》になったとも考えられますが、塩沼の日頃の暮らしぶりから塩沼が、行きずりの男と同宿するというのは、なんとも唐突なのです。

そこで私は、非常に大胆な仮説を組み立ててみました。

塩沼と同行の男は、似たような境遇にあったのではないか。たがいに身上話をして同情し合い、道連れになる。それなら考えられます。そこで新たに見えてきた捜査の視野と重ねてみますと、その中に塩沼の道連れになりそうな似た境遇の男がいるのです。北浦良太です」

一座がざわめいた。おもいもかけなかった発想である。一同はその意外性に驚いて異議も出ない。

「私が大胆な仮説と申し上げたのは、塩沼の同行者を三件合同によって開いた新視野に重ねることであります。重ねるべき理論的根拠はありません。重ねた後で両名が同行になるべき根拠を探す形となります。まず塩沼も北浦も事件に関わっているとすれば、追われる心理にあります。十九日夜塩沼は上高地へ向かっていた。同夜、渋谷区大山町で大中が殺害された。大山町から新宿は指呼の距離です。彼らが同じ列車に乗り合わせた確率は高いとみてよいでしょう」

「すると両名はまだ同行したまま、どこかに潜伏しているとみてよいだろうか」

ようやく質問が出た。

「その可能性はきわめて大きいとおもいます。ここでみなさんにご注目いただきたいのですが、先日代々木署の方に、若い女から電話による大中殺しの現場にパーマの薬液のにおいが残っていたというタレコミがあったそうですね。このタレコミは北浦にとって有利なものです。このタレコミの主を塩沼に仮定しますと、散らばっていたものが、まとまった構図の中におさまります。

犯行中または直後に大中殺しの現場に立たなければ、そんなにおいを嗅げません。北浦ならば立てます。彼はそのにおいを嗅いだことを塩沼に告げました。そこで塩沼は北浦を救おうとしてタレこんできました」

「すると塩沼は北浦を庇《かば》おうとしたか、あるいは北浦が犯人ではないという認識が前提としてあることになるが」

初めて意見らしい意見が出た。

「北浦は五月十九日当夜、大中を殺す意図で大中の家に行ったと考えられます。ところが前沢に先まわりされて、大中はすでに殺されていた」

さらに大胆に発展する牛尾の仮説にどよめいた。

「ちょっと待ってくれ。北浦がシロなら逃げまわるはずはないが」

異見がさしはさまれた。

「暴力団員の心理になりますが、組から送られた刺客として先客にターゲットを横奪《よこど》りされたなどとは言えなかったのではないでしょうか。警察も自分の申し立てを信じてくれるかどうかわからない。迷っている間に塩沼と出会って名乗り出る時機を失してしまった……あるいは北浦の犯行と早合点した丸満、角正いずれかの手の者に始末か監禁されているかもしれません。ただし、電話タレコミの若い女を塩沼とすると、二人はまだどこかに隠れている可能性が大きいとおもいます」

菅原説と牛尾説は、会議の検討事項である①②④の半分（電話タレコミ）⑥をほぼ説明する。

「菅原、牛尾刑事の意見は傾聴に値するとおもう。だが三件が前沢の復讐による犯行であるとすると、塩沼弘子の存在が浮き上がってしまう。菅原説、牛尾説いずれによっても、塩沼は三件の殺しに関わっていないことになる。それにもかかわらず行方不明をつづけているのはなぜか。また大中と深草の関わりをタレこんできた手紙と写真の送り主は何者か、その意図も依然として不明である。今後は連絡を密に取り合い、関連事件として捜査を進めたいとおもう」

那須警部の言葉が結論の形となった。当面三件の捜査本部は準合同捜査体制を執りながら、捜査を進めることになった。共通の新捜査方針として、前沢雄爾の身辺捜査、塩沼弘子と北浦良太の追跡捜査、手紙と写真の送り主の捜査、山添延子の車解体の理由の割出しなどが打ち出された。

早速、上高地の旅館に北浦の写真面割りを行なったところ、塩沼の同行者であることを認めた。ここに牛尾の仮説の一つは証明されたのである。そのことによって電話タレコミの主が塩沼である可能性も大きくなってきた。

電話は録音されており、塩沼の勤め先の同僚に聞かせたところ断定はできないが、塩沼の声によく似ているという証言を得た。

塩沼（未確認）のタレコミが事実であるとすると、前沢雄爾の容疑がその分煮つめられることになる。

塩沼の言うパーマの薬液は、二液あり、第一液はチオグリコール酸を主成分とするアルカリの水溶液で頭毛の還元作用をする。第二液は臭素酸塩類の酸化剤で第一液を中和し、毛髪を再び弾力的な状態に復元して定着させる。これに頭皮から立ち昇る老廃物のガスが混じて独特の臭気が美容師の身に沁《し》みついている。

電話のタレコミは「美容師関係」を調べろとはっきり言った。

前沢の身辺が調べられた。前沢は水戸市出身、二十四歳で美容師の免許を取得、赤坂の「ベルモードサロン」でアシスタントディレクターをつとめていたが、同店で美容師、飯《い》倉《くら》泰子と結婚、一年前に独立、現住所に開店した。「ベルモードサロン」時代から腕がよくよい客がついていた。研究熱心で常に海外の最新モードを取り入れていた。新婚旅行もパリに行って美容院めぐりをしたという。

独立後の店も評判がよく繁盛していた。だが妻子を交通事故で失ってから店を閉めたまま、同人の行方がわからなくなっている。

店の前には「当分の間休業いたします」という素気ない貼紙《はりがみ》が出されているだけである。近所の者の話では、妻子を失ってから、ふさぎ込んでいたが、四十九日を過ぎてから、当分旅行をすると言って店を閉めたそうである。

前沢と細君の生家にも照会してみたが、立ちまわっていない。

前沢の行方不明によって、タレコミの信憑性《しんぴょうせい》が深まってきた。

第十二章　保護すべき容疑

1

角正連盟の友好団体で松本に本拠をおく森口組から井関組に北浦良太らしい男が長野県大町市郊外葛温泉に滞在していたという連絡がきた。葛温泉での足跡を最後に同人の消息は絶えたというものである。森口組は結局両名を取り逃がした形であり、角正への連絡が遅れた。森口組では確認はできないが、「山」へ登ったらしいと言う。

葛温泉から森口組の追跡を躱《かわ》して登る「山」は限られてくる。井関組では登山地図を取り寄せて検討した。森口組が車道の終点まで追跡して捕捉《ほそく》できなかったところから葛温泉を出て、直ちに山に登ったものと推測される。烏帽子岳へ登れば稜線《りようせん》伝いに三俣蓮華岳を越えて飛騨側や上高地へ抜けられる。だがさすがの井関と坪野も北浦が荷上げ用のヘリに乗って山へ〝高飛び〟したとは気がつかなかった。

井関は子分を三班に分け、一班を上高地、二班を葛温泉、最も山に強そうな三班を新穂高温泉から三俣蓮華岳へ派遣することにした。

「北浦の野郎は女を連れている。山登りの支度もしていねえ。山越えはできねえはずだ。葛温泉側は森口組が封鎖しているから、下りて来れば網に引っかかるはずだ。北浦はおれの見るところまだ山の上にいる。どこで女を引っかけたか知らねえが、山のてっぺんで〝遊山気分〟でいるにちがいねえ。やつを山の上で捕まえたら物怪《もつけ》の幸いだ。崖《がけ》から突き落としてもいいし、岩でぶん殴ってもいい。始末してしまえ」

井関は第三班に命じた。第三班は四名、いずれも北浦に面が割れていない者によって構成されていた。

2

そのころ北浦と弘子は三俣山荘に滞在していた。

ほんの二、三日の退屈しのぎのつもりで来たのが、言葉通り「雲表の楽園」の素晴らしさについ腰を落ち着けてしまった。

彼らが来てから山開きして登山者が毎日訪れて来た。両人のようにヘリで一足飛びに来たのではなく、いずれも長いアプローチに耐えて登って来た人たちだけに本当の山好きばかりであった。

北アルプスの核心部《コア》に占位し、北アの交叉点《こうさてん》と呼ばれるこの山岳へは、どの方角から入るにしても二日以上要する。

それだけに視野いずれの方角を見ても、アルプスの名峰、高峰が妍《けん》を競って連なっている。山荘のオーナー夫妻が彼らを暖かく待遇してくれたことも尻《しり》を落ち着かせた。

実際ここにいると下界のことは、異次元の出来事として切り放された。それは錯覚にすぎないのであるが、連日アルプスの山々に囲まれて俗塵《ぞくじん》を離れた生活をしている間に次第に自分自身が下界から切り放された存在になっていくように感じられた。

登山者も、山上にいる間は下界を切り放している。この辺の登山者は上高地辺に群れていた観光客とは人種がちがっているように見えた。

束の間の人生の休暇を精いっぱい楽しむために、人生の重荷を下界に残して、代りに食糧と装備を背負って山深く分け入って来た人たちである。少なくともここにいる間は安全という気がした。

オーナーに勧められて、雲ノ平や水晶岳《すいしょうだけ》へ遊びに行った。登山服や靴はオーナー夫妻のものを借りた。北アルプスの主脈は三俣蓮華岳を中心に大要Y字形をなしている。雲ノ平のYの接合部三俣蓮華岳の北方、東を水晶岳、西を黒部の源流を隔てて薬師岳《やくしだけ》から連なる山脈《やまなみ》に囲まれたアルプスど真ん中の高原である。戦時中ここに戦闘機の秘密基地をつくろうという計画があったほどに四キロ四方の自然の奇蹟《きせき》のような溶岩台地を形成している。

こんな機会でもなければ北浦にも弘子にも生涯訪れることのない雲表のはるかなる高原である。彼らは雲ノ平へ足を踏み入れて、想像を越えた自然の艶《つや》やかさに言葉を失った。山荘のオーナーが戦後初めてこの地へ入り、広く世間に紹介したと聞いたが、オーナーの言葉を借りると「庭師が技術の粋をつくしてつくったような精密さ」で、足の踏場もないような多彩な高山植物の群落、ハイ松を植え込みよろしく侍《はべ》らせて無数に散在する池《ち》塘《とう》、雪渓を縫って走る涼しく清らかな流れ、名石のような岩石などが完璧《かんぺき》な計算に基いて布置されたかのようにそれぞれの位置を占めている。周囲に競い立つアルプスの高山がなければ、ふと人工の名園に迷い込んだかのような錯覚をおぼえるほどである。

澄んだ池塘に白雲が影を落としてゆっくりと渡って行く。雲の行方を追うと槍ヶ岳の尖《せん》峰《ぽう》が空を突いている。

ここから眺めると上高地から振り仰いだ穂高岳の岩の楼閣も槍ヶ岳に連なった一塊りの隆起となっている。上高地では拒絶感をおぼえたが、ここの風景は優美で、抱擁的である。

「ここでこうしていると、下のことなんかどうでもよくなっちゃうわね」

はるかな山脈に茫《ぼう》と遠い視線を泳がせていた弘子が、ふと我に返ったように言った。

「本当だ」

　北浦がうなずいた。

「下にいたときが、ずいぶん遠いことのようにおもえるわ」

「遠いことどころか、本当にあったことかどうかわからなくなる」

「私たちも仙人のようになったのかしら」

「このままずっとここに留《とど》まればね。しかしどうせまた下界へ下りなければならない」

「そうだわね。私たちだけでなく、ここへ登って来た人たちも休暇で来てるんだわ」

「ぼくらは休暇ではない」

「逃避かしら?」

「ぼくはね。しかしあなたは逃げているわけではないだろう」

「やはり一種の逃避だわ。悲しみと対決するのを避けているのよ」

「でもここにいたら、無理に対決せずとも忘れられるんじゃないかな」

「忘れたんじゃなくて、下界から切り放されているのかもしれないわ」

「まぎらされていることは確かだ。その間にどんな悲しみも次第に薄くなっていく。だったら無理に対決することもない」

「そうね、対決を避けている間に忘れられればそれに越したことはないわね。うふふ」

　弘子が含み笑いした。

「なにがおかしいんだい」

北浦は笑いの底に含まれているものが気になった。

「私たちもある意味では対決を避けているのかもね」

弘子に指摘されて、北浦ははっとなった。彼らは依然として他人のままである。

「ぼくは避けたつもりはないが、なんとなくこんなことになっている」

「そうね、山荘にはプライバシーもないし、そんな気分にもなれないわ」

オーナーは彼らのために寝室を提供してくれたが、都会のホテルのようにプライバシーの保障が完璧というわけではない。アルプス最奥の山荘なのである。

「プライバシーという意味では、いまが最高じゃないかな」

北浦が揶揄《やゆ》するように弘子の顔色を探った。

縦走路からはずれた池塘の畔《ほとり》には、二人以外にだれもいない。周囲にはアルプスのパノラマ風景が展開し、ハイ松の枝を鳴らす風も絶えている。

「あら」

弘子は困ったように頰《ほお》を薄く染めた。

「心配しなくてもいいよ。ここはあまりに広すぎて明るい。ぼくは気恥ずかしい」

「私をからかったのね」

弘子が優しくにらんだ。

「からかったつもりはない。ただ……」

「ただなんなの」

「ぼくらはこのままでもいいんじゃないかとおもうようになったんだよ」

「北浦さんて、男の人にしては珍しいのね。男の人ってチャンスは逃がさないんでしょう」

「一般的にはね、ただぼくはあなたとのことをチャンスだとはおもっていない。おもいたくないんだ」

　北浦の目の底が光った。

「チャンスでなければなんなの」

「縁だとおもいたい。チャンスだったら一回かぎりだろう。多くともチャンスなんて何回もあるもんじゃない。チャンスは失ったら、それっきりだ。あなたとの間はそんな底の浅いもののような気がしないんだよ。新宿で初めて出遇ったときから」

「嬉《うれ》しいわ。私もよ」

「君も縁だとおもうかい」

「おもうわ」

　二人はたがいの目を見合った。

　そのままの形でしばらく二人はじっとしていた。たがいの目の奥にアルプスの連峰とその上空を渡る白雲が映っている。二人はごく自然に唇を寄せ合った。知り合ってから初めての接吻《せっぷん》であった。

3

捜索令状が取られて前沢雄爾の自宅が捜索された。

前沢が三件の殺人事件の共通犯人であるなら、なんらかの証拠を自宅に残しているかもしれない。

家宅捜索の結果、重大な資料が発見された。

それは「カメラ毎朝」という、カメラ雑誌の読者写真コンクールの入賞作品であった。

その入賞者が深草美那子であり、匿名の主から送られた写真と同じ画像であった。

もう一つの資料は、その事故を報道した写真週刊誌であり、炎上する被害車を撮影している大中と深草の姿がはっきりと捉《とら》えられていた。

その写真説明《キャプション》には「玉つき無残、加害者が被害者を〝追撮〟」と書かれてある。

そして本文には、

「いまやカメラブームなんてもんじゃない。これは玉つき追突をした三番車のアベックが、自分が突っかけた二番車が炎上する光景を撮影している光景である。この写真もたまたま追突を免れた後続車のドライバーが撮影して本誌に提供したものである。まさに追撮（追殺か？）の時代である。燃える車内には母子が生きたまま焼かれている。もしかするとこの写真を撮影するために、故意に車をぶつけたんではなかろうかと勘繰りたくなるような、鬼気（あるいは火気）迫る構図である」

この資料の出現によって、前沢雄爾の容疑はきわめて濃厚になった。

前沢はカメラ雑誌と写真週刊誌を見て、妻子に追突した三番車に乗っていた大中と深草を知った。この両名がいかなる事情から三番車に同乗していたか、今後の捜査に待つところである。

だが彼らの事情に関わりなく、前沢は、妻子をこのような地獄の業火の中に突き落としたのみならず、それに焼かれる様を被写体にした大中と深草を許し難いおもいであったであろう。

「大中、深草を殺したのは動機の上からも無理がないとおもう。しかし一番車に乗っていた山添まで殺したのが、説明できない」

家宅捜索の結果によっても、合同捜査会議において疑問符を付せられた問題が依然として解決されなかった。前沢を犯人とすると山添延子に対する動機がなんとしても薄弱であった。

捜査本部は前沢雄爾の指名手配の是非を検討した。だが前沢の手配は、北浦良太の潔白《シロ》を示すことになる。指名手配した後に、被手配者の無実を表明して、別の容疑者を指名したら警察の威信は地に墜《お》ちる。

それにまだ北浦の容疑も完全に漂白されたわけではない。依然として地下に潜りつづけているのが、なによりの怪しい状況であった。

4

捜査本部へ入ってくる電話はすべて録音できるようになっている。

問題のタレコミ電話を何度も再生しているうちに、電話の最初と終りの部分にやや異質の雑音が入っているのに気づいた。

最初の雑音はなにかの爆音のようで、すぐに遠ざかって消えた。終りの部分にはぐえっぐえっという蛙の鳴き声のような音が二声だけ聞こえた。

もともと雑音の多い電話であったので、雑音の一部として聞き過ごされていた。だが何度も再生している間に、電話本来の雑音ではなさそうであることがわかった。

前者はなにかのエンジンのような機械的なノイズであり、後者は鳥の声らしいということになった。

これをそれぞれの分野の専門家に聴いてもらったところ前者はヘリコプター、後者は雷鳥らしいという判定をうけた。

雷鳥は中部山岳地帯の日本アルプスを中心とした高山帯のハイ松群落に多く生息している。電話の主は雷鳥がいるような高山帯にいたことになる。だがこれだけでは日本アルプス全域に拡大されてしまう。

電話をうけた前後、日本アルプスでヘリが飛んだ地域が調べられた。その結果、六月下旬数回にわたって三俣山荘と高瀬湖畔の間でヘリによる物資の荷上げが行なわれた事実が判明した。

塩沼と北浦は五月二十日、二十一日は上高地にいたことが確認されている。

上高地から三俣山荘は割合近い。槍ヶ岳を経由して行けば二日目に着ける。

山支度をしていない彼らが北アルプス深部の山荘にいたというのは意外であったが、電話タレコミがあった時期に「ヘリと雷鳥」が重なる地域は三俣山荘以外にない。

「もしかするとあの二人は荷上げのヘリに便乗したのではないかな」

菅原が臆測《おくそく》した。ヘリに乗せてもらえば、彼らが三俣にいても不思議はない。三俣山荘には夏期だけの仮設電話がある。

早速、同山荘に問い合わせると、該当するアベックが「山岡一郎他同行者一名」として六月下旬から滞在していることがわかった。人相特徴も北浦と塩沼に符合している。

遂に二人の居所を突き止めた。だがここに問題が生じた。北浦は指名手配リストに載っているものの、前沢の浮上によって容疑が薄らいでいる。これを北アルプスの山上まで押し出して行って逮捕し、後に無実と判明した場合、警察の失点は免れない。

「とりあえず塩沼弘子の任意出頭を求めるという形にしてはどうか。塩沼に同行を求めたところたまたま北浦が一緒にいたので〝保護〟したという形にしては。北浦はオール丸満のターゲットにされているから保護を必要とする」

とりあえず保護して事情を聴き、容疑が晴れれば、立件しない。それならば目立たない。

その手で行くことになり、代々木署から菅原刑事と捜査一課の河西《かさい》刑事他二名が現地へ乗り込むことになった。

第十三章　猶予された逃避

1

雲ノ平山荘に二泊して三俣山荘へ帰って来ると、オーナーが昨日の夕方前後して彼らが滞在しているかどうか、電話による二件の問い合わせがあったことを告げた。

「問い合わせ？　だれからですか」

北浦は緊張して反問した。彼らがこの地に滞在していることを知っている者はいないはずである。

「それがどちらも名前を言わなかったんです。

最初の問い合わせは北浦良太名義で女性連れの客はいないかと聞いてきました。二番目は北浦と塩沼弘子の二人連れと両人の名前をはっきり言いました。該当する名前の客は泊まっていないと答えると、山岡一郎という名前を出したので滞在している旨を答えました。まずかったかな」

オーナーは二人の顔色を探りながら言った。だがオーナーとしては滞在中の客の名前の照会をうければ答えるのが当然である。

「前の方の問い合わせには、どのように答えたのですか」

「あなた方の特徴を言い当てたので、山岡一郎さん名義のお客さんに似ているとだけ言っておきました。ただいま雲ノ平の方へ出かけていると答えると、いつ帰って来るかと尋ねましたよ。伝言や連絡先があれば聞いておきますと言うと、どちらもその必要はないと言って電話を切りました」

北浦と弘子は、表情を改めてたがいの顔を見た。だれがどうやって彼らがここにいる事実を突き止めたのか。北浦良太の実名を知っている者は警察と角正連盟の一部幹部だけである。だれも山岡一郎の偽名を用いていることは知らないはずである。まして北浦と塩沼が同行していることは、旅の行きずりに知り合ったのであるからだれも知らない。

「問い合わせてきた二件は、それぞれ別口のようでしたか」

弘子が問うた。

「別口ですね。口のきき方からしてちがいました。塩沼弘子名義の客について尋ねた方は丁寧な口調でしたが、北浦名義について聞いた方は乱暴で横柄でした」

「両方とも二人連れの客とは言っていたのですね」

「言っておりました」

オーナーは事情があると察したらしく、詮索《せんさく》は控えている。

「どこから、つまり、どこの場所から問い合わせてきたかわかりませんか」

「それはわかりません。多分下界のどこかでしょう」

ともかくその場は引き取って、両人で相談することにした。

「私たちがここにいると見当をつけた者が、二口いることは確かだわね」

「警察と組関係だろうが、きみが一緒ということを知っていたのが、解せない」

「上高地や葛温泉に手をのばせば、私たちが一緒だということはわかるわよ」

「それにしてもきみの名前の知りようがないよ。きみの名前は、旅行中どこにも出していないのだ。それにぼくらが上高地や葛にいたことをどうやって嗅《か》ぎつけたんだろう」

「電話を警察にかけたわ。例のパーマのにおいの件で」

「名乗らなかったんだろう」

「名前や住所を聞かれたけど、一切言わなかったわよ」

「とにかく我々がここにいることを知っている人間が、二口いることは確かだ。この場も安全ではなくなった」

「どうするつもりなの」

「今日はもう動けないから、明日出発しよう」

「出発するってどこへ行くつもりなの。ヘリはまだ来ないわよ」

彼らは次の荷上げのヘリに便乗して下山するつもりだった。

「彼らがどんなに早くやって来ても、ヘリでも使わないかぎり、明日の夕方になるだろう。その間に下山してしまおう」

「歩いて？」

「もちろんだよ。雲ノ平まで行けたんだから山麓《さんろく》まで歩けるだろう」

「でも足ごしらえが」

「そんなものは借りられる。幸い天候も安定しているし、縦走路から逸《そ》れないかぎり、危険はないだろう」

たとえ危険があったとしても、現在そくそくと身に迫っている危険な気配より少ないだろう。

「私、恐いわ」

弘子は身をすくめた。北浦にとって近づきつつある敵の正体は、おおむね推測できる。だが彼女には迫りつつある者の正体がわからない。これは無気味であった。

翌日早朝、登山者の群れに混じって二人は山荘を出発した。

北アルプス核心の山域だけに、登山者はみな重装備をしている。そんな中で、都会の歩道の延長のような彼らの軽装はかなり目立つ。下山コースとして三つ考えられた。一は湯《ゆ》俣川《またがわ》沿いに下って葛温泉へ戻るもの。二はアルプス裏銀座コースを伝って上高地へ下るもの、三は双六岳《すごろくだけ》から飛騨側へ下るものである。

このうち、一が最も近いが、同時に最も待ち伏せされる危険が大きい。二は槍ヶ岳を越える長い岩尾根の道となる。結局、三のコースが最も緩やかで安全（敵からも）と考えられた。オーナーも、

「道は下り一方で明 瞭《めいりよう》だから危険はない」

と保証してくれた。下界からの問い合わせに蒼惶《そうこう》として出立して行く彼らにオーナー夫妻は不審を感じたにちがいないが、なにも詮索せずに靴を貸してくれたり、コースの注意をあたえてくれたりした。

この山上に滞在したのは、長いように感じられたが、十日に充《み》たない。それだけ山上の生活が充実していたのである。

こんな機会でもなければ決して訪れることのなかった雲表の別世界である。

「またぜひお越しください」

オーナー夫妻の見送りを受けて彼らは出発した。双六山荘までは、双六岳の山腹を捲《ま》いていく、ひょっとすると小型車でも通れそうな平坦《へいたん》なプロムナードコースがつづく。行手に絶えず槍ヶ岳の尖峰《せんぽう》が、自然の方向指標として聳《そび》え立っている。長大なアルプス裏銀座コースの中で三俣蓮華岳——双六岳間は最も緊張せずに歩ける区間である。

追われている旅でなければ、競い立つ秀麗な峰々に想いを飛ばし、山腹を彩る色とりどりの高山植物とたわむれ、行く雲に自分の未来を占うこともできるが、いまの彼らにはそんな余裕がない。

ただ風景の大きさと、自分たちがその中に異分子として侵《はい》り込んでいることはわかる。

だが不思議なことに拒絶感はなかった。ここがアルプスの中の奇蹟《きせき》のように、峨々《がが》たる山脈《やまなみ》の中に取り残された瑞々《みずみず》しい高原台地であったからか。花は豊かに、お花畑の中を縦横に走る流れは清い。そして糸のようにどこまでもつづく縦走路ののびやかさ。それは逃避の道の趣きではなく、行手を望めば未来に歩み入り、振り返れば回想を誘《いざな》う道であった。

追われる旅で来たのが怨《うら》めしい道である。一時間半ほどで双六山荘の前に出た。ここから道は裏銀座コースから岐《わか》れて南へ向かう。黒ユリの乱れ咲く牧歌的な草原を横切ると、前方に笠ヶ岳《かさがたけ》がむっくりと頭をもたげてくる。

左手に槍、穂高連峰が並立するようになってくる。雲ノ平から遠望したときははるかな岩の隆起であった穂高が、谷一つ隔てて圧倒的に迫ってくる。

間もなく笠ヶ岳方面への縦走路との分岐点に出る。ここから縦走路に別れを告げて、新穂高温泉への道を下ることになる。見晴らしのよいハイ松帯からダケカンバの林に変る。勾配《こうばい》が急になり、膝《ひざ》が笑いだしそうな急坂を一路下る。

樹林帯を下り切り、勾配が水平を取り戻したとき風景が一変した。樹林に閉ざされていた視野が一度に開けて、眉《まゆ》を圧するような近さに穂高と槍ヶ岳の岩屏風《いわびょうぶ》が立ちはだかっている。大小十数の池塘《ちとう》が散在して澄んだ水面に山脈の影と雲を映している。槍ヶ岳の尖塔《せんとう》から煙突の煙のように吐き出された積乱雲が夏の眩《まぶ》しい空に奔騰し、現に膨張をつづけている。雲の頭は鏡のような水面からはみ出るほど高く湧《わ》き立っている。

そこが主たる池塘の鏡池《かがみいけ》をもじって名づけた鏡平であった。現に見ている光景は夏の盛りの光と山と雲が演出した烈しくもダイナミックな構図である。だが、その奥には、時間、天候、四季折々の変化によってまったく異なる光景が幾重にも隠されている。現実の風景の下に潜在しているものの深い美しさが孕《はら》まれているような、予感に満ちた場所であった。

まだ夏が幕を開いたばかりというのに、夏の強烈な光がどっかりと進駐して不動の支配をつづけているような下で、盛んなるものが静かに衰えていく転調が潜んでいる。それは常に反乱を含む風景である。

これは一筋縄ではいかない風景であった。なんの心の準備もないまま、この風景の前に放り出された者は、ただ茫然《ぼうぜん》として放心しているほうがよい。

その風景を心象として取り入れようとしたり、描写しようとしたりすると、結局その奥深さの中に溺《おぼ》れてしまう。

鏡平にたどり着いた二人は、いくらかホッとした。山荘があったが、人影は見えない。すでにここは飛騨の領域である。あとは新穂高温泉まで一路下降するのみである。久しぶりに下界の温泉へ入れるのが嬉《うれ》しい。下界になにが待っているか、それは下りてから考えればよい。

鏡平で休息していると、下の方から四人の登山者が登って来た。彼らはいったん二人のかたわらを通過した。

「弘子さん、出発だ。できるだけ速く歩くように」

北浦の口調が緊張している。

「どうなさったの」

槍、穂高の連峰の前で放心していた北浦が、急に全身に凶悪な気配を塗《まぶ》しているので、弘子はびっくりした。

「おれにもよくわからない。いま登って行った四人はただのねずみじゃなさそうだ。おれのおもいすごしならいいが、もし組の者だとすると面倒だ。急ごう」

言いながら北浦は弘子の腕をつかんで引き立てるように歩きだしていた。

「まさか」

弘子はそう言われても半信半疑である。

「万一の用心だ。新穂高温泉まで下りてしまえば、どの方向へでも逃げられる」

二人が鏡平を過ぎてひたすら下山にかかったとき、後方から追いかけて来る気配がした。先刻の四人組であった。

「ちくしょう。やっぱり来やがった。この場はおれが食い止めるから、あなたは、まっすぐ麓《ふもと》へ駆け下りろ」

「そんな。あなただけ残して逃げられないわ」

「早く。あなたがいては足手まといなんだ。やつらの狙《ねら》いはおれ一人だ。早く行くんだ」

そうしている間にも四人の気配が迫って来る。もはや彼らが北浦に敵意を抱いていることは確かであった。

北浦は弘子を無理に追いはらうと、三俣山荘のオーナーからもらってきた杖《つえ》を握りしめた。腕には自信がある。

一挙に四人を相手にするとなると、かなり苦戦が予想される。敵も選ばれて派遣された者だから手強《てごわ》いとみなければなるまい。

北浦は引き返しざま、先頭を駆けて来た敵の脛《すね》を、杖で力まかせにはらった。問答無用の先制攻撃で敵の戦力の減殺を図る。敵はうめいて地面に倒れたまましばらく立ち上がれない。

「北浦だな」

残った三人が彼の名を呼んだ。これではっきりと彼我が認め合った形となった。

「ふざけやがって殺《や》っちまえ」

彼らも杖代りにしていた棍棒《こんぼう》を構えた。飛び道具を取り出す暇がなかったのか、それとも用意してこなかったのか、いまのところ敵の武器は棍棒である。

狭い登山道なので、同時にしかけられない。風を巻いて振り下ろされた棍棒を杖でうけて足がらみをかける。たまらず転倒した一人に目もくれず、三人目に杖を突き出す。

敵は北浦の素早い動きに対応できず、押されていた。圧倒的優勢に立った侮りと傲《おご》りもあった。できれば生け捕りにしようとおもっていた敵は、作戦を変えた。

「かまうことはねえ。打《ぶ》っ殺せ」

四人目のリーダー格が棒を捨てると、凶器を引き抜いた。木の間越しの陽をうけてキラと光った。それが獰猛《どうもう》な獣が牙《きば》を剝《む》き出したように見えた。

四人の連係プレイの網に捉《とら》えられたら勝ち目はない。北浦は斜面を絶えず移動しながら敵の各個撃破を図った。敵もけんか馴《な》れしていた。先制攻撃をうけた混乱から次第に立ち直ってきている。

分散していた攻撃が、チームとしての連係動作になってきている。樹林帯の中の斜面という地形が、北浦に有利に働いて敵のチームワークからわずかに逃れているが、時間が経過するほどに息切れしてくる。

左右から同時にしかけてきたのを、樹木を楯《たて》にしてわずかにしのいだが、後方に迫った敵に気がつかなかった。最初に脛をはらった敵が、回復して戦列に復帰していたのである。シュッと空気を裂いてチェーンが振り下ろされた。

「危ない！」

という悲鳴のような声に際どいところでチェーンを躱《かわ》した。逃げたとおもっていた弘子が、知らぬ間に戻って来ている。

「逃げるんだ」

と言ったときは遅かった。リーダーが弘子を捕捉《ほそく》して、凶器を彼女の首筋にあてがっていた。

「女を救いたかったら、抵抗をやめるんだな。さもないとこの可愛《かわい》いお面《かお》がずたずたになるぜ」

リーダーは勝ち誇って言った。

2

菅原と河西ほか二名の刑事はヘリコプターに乗って三俣山荘前の広場へ下り立った。だが北浦と塩沼はすでに同山荘を出発した後であった。オーナーから彼らが新穂高温泉へ向かったと聞いて、直ちに追跡することにした。

オーナーから警察以外からも前後して問い合わせがあったと聞いて、〝業界〟の手の者も北浦を追っている気配を察知した。こうなると形式ではなく実際に〝保護〟する必要が生じてきた。

ともかく、北浦を狙う組織が、北浦の所在を知ったことは確かである。北浦の行先を予想して新穂高温泉で待ち伏せしている可能性は十分にある。

ヘリは両人が辿《たど》ったとみられる縦走路に沿って飛んだ。三俣山荘、双六山荘、鏡平まで飛んだがそれらしき姿は見かけない。

まだ山開き間もなくで、縦走路の人影は少ない。両人の出発時間から計算すると、足弱の女連れを考慮しても、鏡平付近に達していると考えられた。だが鏡平にも人影は見えない。山麓へ近づくほどに樹林が濃密になって見通しが悪くなる。

鏡平から下部へ飛んで来たとき、樹林帯で争っているような数個の人影が認められた。

「森の中で争っている気配だ。女が一人いる、あれだ」

「着陸しろ」

菅原と河西が言ったが、生憎《あいにく》ダケカンバの林の中で、着陸地点を見つけられない。

「鏡平へ下ります」

パイロットは鏡平へ引き返した。鏡平にも十分な着陸点があるわけではない。地上すれすれに接近したヘリから刑事たちは次々に飛び下りた。池塘《ちとう》の水面が巨大な風圧をうけて一斉に波立った。

「野郎、杖を捨てろ」

リーダーは勝ち誇ってどなった。凶器の刃身で弘子の頰《ほお》をぴたぴたと叩《たた》いている。そのときヘリの爆音が近づいて上空を機影がかすめたが、それこそ高みの見物をしているようである。見たとしてもヘリからではなにをしているかわからないだろう。

敵の狙いはわかっている。丸満、角正いずれの手の者にしても、北浦はたすからない。そして弘子は彼らの格好の戦利品にされてしまう。

北浦はかつて巨大暴力団のボスを暗殺した刺客の腐乱死体が丹沢《たんざわ》山中から発見されたことをおもいだした。刺客を殺したのは、結局報復を恐れた同じ組の者と判明した。

四人組が彼我どちらの手の者かわからないが、北浦の運命が丹沢山中の腐乱死体と同じであることだけは確かである。

絶望で視野が暗くなった。弘子との縁もこれまでである。

「早く杖を捨てろ、てめえ耳はねえのか」

リーダーが押しかぶせるように言った。いったん近づいたヘリの爆音は遠ざかった。

北浦は杖を捨てた。

「野郎、手間をかけさせやがって」

脛をはらわれた最初の敵が、棍棒を振り下ろした。一瞬目から火花が迸《ほとばし》った。あとは袋叩きである。

「お願い！　ひどいことをしないで」

弘子の哀願の声を半ばに北浦の意識はぷつりと消失した。

3

遠方から自分を呼ぶ声が次第に近づいて来て、意識が水面にポカリと浮かんだように戻った。目の前に弘子の心配そうな顔がある。

「よかったあ」

弘子がいきなり抱きついてきた。北浦は屋内に寝かされていた。見知らぬ男たちが数人見下ろしている。襲って来た四人組とはべつの顔である。

起き上ろうとして全身に疼痛《とうつう》が走った。

「骨は折れていないようだが、しばらく動かないほうがよい」

年輩の穏やかな風貌《ふうぼう》をした男が制止した。その素姓は不明だが、害意はなさそうである。

「警察の人たちです。この方たちが救ってくれたのです。四人組は全員捕まりました」

弘子が言った。警察と聞いて、なぜかホッとした想いが胸を満たした。もうこれ以上逃げまわらないですむという安堵感《あんどかん》である。

彼が寝かされていた場所は鏡平の山荘であった。

「少し動けるようになったら、ヘリで病院へ運びます。そのうえで少々聴きたいことがあるのでね」

穏やかな風貌の男が言った。彼は逮捕とか連行とかいう言葉は一切使わなかった。

「私も一緒に行きます」

弘子が励ますように言った。ここに彼らの約一カ月半にわたる逃避行は終止符を打たれたのである。

北浦と弘子はヘリで東京に移送された。北浦は直ちに病院に収容されて検査されたが、打撲傷が認められるだけで、深刻な負傷はなかった。

一応の手当の後、警察の取調べが行なわれた。まだ逮捕状は執行されていない。これも前沢雄爾の浮上によって、北浦の容疑が薄くなっていたせいである。

北浦の供述は、おおむね警察の予想したとおりのものであった。五月十九日午後九時ごろ現場に大中を殺すつもりで行ったところ、すでに大中は殺害されていたというものである。

「そのときパーマの薬液のにおいが残っていたというんだね」

取調官は確認した。

「そうです。変装のため美容院へパーマをかけに行って、同じにおいだったのをおもいだしたのです」

「それを塩沼弘子さんが電話で通報してきたというわけか」

「そうです」

同時に塩沼弘子も取り調べられていた。弘子は大中に対してはまったく動機がない。聞かれたのは専ら山添延子との関係である。

だが彼女は子供を轢《ひ》いた加害車についてなにも憶《おぼ》えていなかった。ナンバーはもちろん、色も型もおもいだせない。

「子供を轢かれて動転していたために、なんにも見ていなかったのです。頭がカーッとなってしまって、ただ死んだ子供を抱きしめて泣いていました」

「車の中に何人乗っていたかわかりませんか」

「窓ガラスに黒いフィルムが貼《は》ってあったようで、中は見えませんでした」

「窓が黒かったことは憶えているじゃありませんか」

「それもはっきりしないのです。中が見えなかったことは確かです」

「あなたは加害者がわかったら、復讐《ふくしゅう》したいとおもいましたか」

「そのときは殺してやりたいとおもいました。でも日が経つにつれて無気力になって、自分自身が生きるのに疲れて、どこか景色のいい所で死ぬつもりで旅行に出たのです。結局人を殺すどころか、自分も死ぬことができませんでした」
「あなたのお子さんが轢かれてから、山添延子という女性が、犬を轢いたという口実でT社の1600GTRを解体しています。色はライトブルーです。どうです、お子さんを轢いたのはそんな色と型の車ではありませんでしたか」
「すみません、そうおっしゃられても、本当になにも憶えていないのです」

塩沼弘子は一連の事件に一応無関係と認められた。彼女が加害者を知っていながら、警察に黙秘し、自らの手で復讐をしたという疑惑は、完全に漂白されたわけではない。我が子を目の前で一瞬の間に轢かれた母親が、加害者を記憶し、しかも後日の復讐のために自分一人の胸の中に秘匿しておくのは、かなり無理があるとみられた。

自棄的な旅行に出た同じ日に大中と山添が殺され、たまたま隣り合った乗客が大中殺しに関わっていたのは因縁である。もし山添が轢き逃げ犯人か、あるいは、それに関わっていれば、その因縁はさらに深くなる。

北浦の大中殺しに関しては一応無実《シロ》とみられた。殺すつもりで行ったところ、被害（予定）者はすでに死んでいたのであるから、未遂にもあてはまらない。死体を生きていると誤認して斬《き》りかけも射ちかけもしていない。つまり殺人の実行行為にとりかかってもいないのである。

強いて言うなら殺人予備か住居侵入に問われるところであろう。検察は、北浦に前科のない点や末端組員として殺人の道具（鉄砲ダマ）に使用された点を考慮して、起訴猶予とした。

第十四章　新たなる壁

1

北浦と塩沼の線が消えて、前沢雄爾の容疑はますます濃く煮つまってきた。だが前沢の消息は依然として不明である。

捜査本部では、前沢の指名手配を検討した。前沢が犯人ということになれば三件の殺人の捜査は合同する。山添に対する犯行動機がやや薄弱であるが、三件を通して復讐が動機と考えられる。

また山添殺しの犯行時間は五月十九日午後九時から午前一時と推定されている。一方、大中は十九日夜から二十日未明と推定されているが、十九日午後九時ごろ北浦が行ったときはすでに殺されていたという。

北浦の供述を信ずれば、犯人は十九日午後九時以前に大中を殺害し、その足で山添の家に足を延ばして同女を殺したことになる。前者は渋谷区大山町、後者は新宿七丁目に住んでおり、移動にさしたる時間は要さない。

だが文字どおり連続殺人は、犯人にかなりの決意を要するものである。

北浦の誤指名手配の轍《てつ》を踏まぬよう、慎重に検討された。


新宿署の牛尾は、どうもピンとこなかった。新たに浮上した前沢雄爾が、山添殺しの犯人像として釈然としない。

「大中と深草に対しては犯人適格性は十分と言えるだろう。しかし、山添は殺す理由がない。妻子を一挙に失って混乱していたと説明されているが、妻子の乗った車は、山添の車の手前で停まったと目撃者によって証言されているのだ。

たとえ山添の車に突っ込んだとしても、二番車の方が前方不注意で咎《とが》められるべきで、山添を恨《うら》む筋合はない」

牛尾は自分の不満を大上に言った。

「モーさんは、代々木と戸塚のヤマには関係ないとおもっているんですか」

「まあこちらが言い出しっ屁《ぺ》のようなところがあるがね。三件合同の気配が、どうも方角がちがっているような気がするんだよ」

山添が車を解体したことから、塩沼弘子の子の轢き逃げ被害と山添自身巻き込まれた玉つき追突の同日（連続）発生に気づいたのである。

「私も、山添の動機に関して前沢が前後の見境いがつかなくなったという説明にすっきりしなかったのですが、前沢ではないとすると、犯人はどの筋から来たのでしょうね」

「準合同捜査体制をとっているが、我々は独自に山添の身辺を探りつづける必要があるとおもうよ。このガイシャにはまだなにか隠されているような気がするんだ」

牛尾の目の奥が光っていた。その光が捜査の死角を照射しようとしている。

牛尾の意見には捜査本部も一目おいている。事件の通報に八方に押取り刀で飛び出して行く捜査一課の捜査員は、常に捜査本部の花形であるが、地元に密着した、地を這《は》いずるような所轄署のベテラン刑事の嗅覚《きゅうかく》にはかなわない。

牛尾は大上と組んで山添の身辺を執拗《しつよう》に嗅《か》ぎまわった。彼女が郷里から上京して銀座へ姿を現わすまでの二年間が空白になっている。

牛尾はこれが気になった。この空白期間の中になにかが潜んでいる気がした。

銀座界隈《かいわい》を転々とした期間は約二年間、その間にいた店は数店しかわかっていない。最も長くいたのが銀座六丁目の「花門《かもん》」で約七カ月、他店は三、四カ月で動いている。

中には一日か二日で辞めてしまった店もあるだろう。銀座の女性の高齢化は著しく、以前はトップホステスばかりを揃《そろ》えたものだが、いまは若いというだけで簡単に採用される。

ってしまう。

若い女は気位ばかり高くて実収入の少ない銀座を敬遠して、六本木や新宿の風営店へ行

「花門」から始めて、「モンプチ」、「ボンニュイ」、「信乃《しの》」と山添が足を留めたことのある店を、丹念に聞込みにまわった。七丁目の「栗ねずみ」という古くからある店に行ったときである。五十近いオールドホステスが山添を憶えていた。銀座に居ついたまま、どこへも行き所がなくなってしまったようなホステスであるが、銀座の生き字引のように古いことをよく知っている。

「ああノンちゃんね。あの子はうちには一カ月しかいなかったけど抜群に頭のよい子だったわ。なんでも六本木の方に店を開いたと聞いたけど、あの子だったら、きっといまにビッグママになるわよ」

老ホステスは懐しそうな表情をした。山添が殺されたことは、まだ知らないらしい。

「そのノンちゃんと特に親しかったお客や、なにか記憶に残っていることがありましたら、おしえていただけませんか」

牛尾はすでに何度も発した質問を繰り返した。この店ではノン子で通っていたらしい。店によってあけみ、ひろみ、理枝《りえ》などの源氏名を使い分けていたようである。

「親しくつき合っていたわけじゃないからね、そう言われましてもね。そうだ、こんなことがあったわ。私はそれがきっかけでお店を辞めたとおもってるんだ」

「こんなことってなんですか」

店を辞めたきっかけとなると、聞き過ごせない。これまで転々とした店には辞める理由もきっかけもなかった。

「一見《いちげん》のお客さんだったけど、地方から来たお客がノンちゃんを見て、ひどくびっくりした顔をして、きみとは池袋の『マドンナ』で会ったなと言ったのよ。ノンちゃんもぎょっとした顔をして、そんな店は知らないわと言ってたけど。たしかその次の日から来なくなっちゃったわ。あれは絶対あの客の言葉が原因だと私はにらんでるんだ」

「池袋の『マドンナ』って言ったんですね」

「たしかそのように聞いたわよ。その『マドンナ』の客が来るまで、このお店の水が合ってるようなことを言ってたのに、急に来なくなっちゃったのよ。ママなんかとても期待していただけに、凄《すご》くがっかりしてたわよ。きっと私と代ればいいのにとおもっていたのにちがいないわ」

老ホステスの言葉が急に愚痴っぽくなった。

2

「大上《ウル》さん、どうおもう」

「栗ねずみ」を出た牛尾は大上の意見を問うた。

「山添が『マドンナ』にいた事実を知られたくなかったことは確かですね」

「そんな店は知らないと語るに落ちているところをみると、それは店にはちがいなさそうだ。いた事実を隠すようないかがわしい店なのかな」

「銀座に比べて池袋は格落ちという感じではありますが、いまの店の婆さんホステスを見ると〝池袋出身〟を憚《はばか》る必要もなさそうですがね」

「山添が池袋にいたというのは初耳だ。それだけでも洗ってみる価値はある」

「山添が『栗ねずみ』を辞めたのが、三年ほど前になりますが、はたしてまだ『マドンナ』があるかどうか」

それこそ泡沫《ほうまつ》のように浮かんでは消える水商売中の「いかがわしい店」が三年後の今日まで健在かどうか、はなはだ疑問である。

「ともかく電話帳を当たってみようじゃないか」ということになった。

電話帳を引いたところ「マドンナ」は都内に数軒あった。この内、池袋には東池袋二丁目に「カラオケバー・マドンナ」がある。池袋の「マドンナ」はこれだけである。カラオケバーなら特に隠す必要もないだろう。それは表看板で「裏の商売」をしているのか。

「お宅は本当にカラオケバーなのですか」

牛尾は電話で問うた。

「そうですよ」

相手の声に不審がこめられる。

「カラオケバーの他になにかやっていませんか」

「ああ、またあのことですね」

相手の口調がうんざりしている。

「あのことってなんですか」

先方の反応に牛尾は早速食いついた。

「だって、そのことで電話してきたんでしょう」

「いや、そのことについておしえてください」

「いまさらとぼけなくてもいいですよ。以前この近くに『マドンナ』というデート喫茶があったらしいのです。よくうちとまちがえられるので店名を変えようかとおもったくらいです。最近ようやくなくなったとおもっていたんだが」

「デート喫茶だったんですか」

「うちはなんの関係もありませんよ」

腹立たしげに言って先方から一方的に電話を切った。

「ウルさん、『マドンナ』はデート喫茶だったよ」

牛尾は驚きの醒《さ》めやらぬ表情で言った。

「山添延子はデート喫茶にいたんですね」

これなら彼女が〝出身〟を秘匿しても不思議はない。デート喫茶は客と女性の〝自由恋愛〟の形を取る新しさと手軽さがうけて、風俗業界に簇生《そうせい》した。売春という暗いイメージは一片もなく、男も女もプレイ感覚でやって来る。女性も〝素人〟が多く、ほとんどの者がべつの仕事をもっている。

ＯＬや女子大生が主流で、中には親に隠れて来る「ふつうの女の子」もいる。彼女らは金目的よりも好奇心からである。年齢も圧倒的に若い。

最近は売物であった素人っぽさが飽きられたことと、マンヘルやマントルに押されて一時ほどではなくなったが、根強いファンに支えられている。

彼女たちはプレイの意識であっけらかんとしているが、共通していることはデートガールであるのを秘匿することである。

プレイではあるが「いいプレイ」とおもっていないことは確かである。

牛尾は自分がかつて担当したラブホテル殺人事件（拙作『駅』）を想起した。あの事件の被害者もデートガールであった。だが彼女の場合遊び感覚ではなく、地方から出て来て、とりあえずそれ以外に生活の方途がなかったのである。

山添延子も上京して二年間がブランクになっている。この間とりあえずデートガールをしていたとすれば、遊びではなく生活のためだったと考えられる。

山添の「マドンナ」時代から犯人が来たとすれば、捜査対象が無限に広がってしまう。しかも捜査の足がかりとなるべき「マドンナ」自体がすでに消滅しているのである。

知られざる事実が浮かび上がったものの、さらに新たな壁によって、ピタリと捜査の行手が塞《ふさ》がれていた。

第十五章　墜落した予感

1

進むほどに谷は深く切れ込み、山気は深くなる。未舗装の道路の勾配《こうばい》は急になり、道幅は狭くなる。息を呑《の》む景観が車窓に展開するが、急カーブの連続で目を離せない。眼下には奥大井川源流が目のくらむような深淵《しんえん》に、白い糸を引いている。えらい所へ入り込んだとおもったが、いまさら引き返せない。

のんびり慎重に走っている分には危険はないが、各チェックポイント間を指定された速度で走り、その時間差を競うラリーとなればそうもいかない。

技術のかぎりを尽くして時間差を縮めようとするが、同時に寿命も縮まるおもいである。一寸《ちよつと》でもハンドル操作を誤れば、数百メートルの落差をもつ谷底へ落ちてしまう。

カーブを限界のスピードで抜けると、次のカーブが迫っている。コーナリングのテクニックを駆使して、車の性能を最大限に引き出していく。

砕石を敷きつめた路面を、時々崖《がけ》の上からの落石が塞いでいるので、一瞬の油断もできない。

「おい、あれはなんだ」

右カーブを切り抜けて、次の左カーブへさしかかったとき、ナビゲーターの青木《あおき》が叫んだ。路上にスリップの痕《あと》が残り、崖際の草が毟《むし》り取られ裸土が露出している。まだ土の痕がなまなましい。

「先行車が落ちたらしいぞ」

スピードを出しすぎて複合カーブを曲がり切れず谷へ落ちた様子である。見捨ててゆくわけにもいかず、内側に車を停めて、谷底を覗《のぞ》いてみた。崖に巨大な爪痕《つめあと》が残り、はるか下方に車の残骸《ざんがい》が認められる。崖の中腹にこわれた人形のように人間の姿がわずかに見えた。二人いるはずのもう一方は見えない。

「大変だ」

ドライバーの桜井《さくらい》とナビゲーターの青木は顔を見合わせた。だが、彼ら二人で救助できる場所ではない。ともかくこのまま車を走らせて、事故の発生を伝える以外にない。

先行車は横浜から参加した一台だけのはずである。先頭車が転落して最先頭に立った彼らが、このままトップを維持すれば事故の第一通報者になるだろう。

2

八月二十六日、東京の自動車専門誌「アドベンチャードライブ」誌主催の奥大井ラリーで奥大井川源流の谷底にラリー参加車が転落したと、同ラリー参加車の一台から静岡県警島田《しまだ》署に通報が入った。

同署が捜索したところ、静岡県榛原《はいばら》群本川根町犬間《いぬま》平田《ひらんだ》の大井川上流の谷底近くに大破した乗用車と、道路下百メートルの崖の中腹に引っかかっていた二体の遺体を発見した。

遺体の主は横浜市金沢《かなざわ》区柴《しば》二四三—××会社員松川康夫《まつかわやすお》（二四）および川崎市多摩区生田《いくた》六一六×学生早野通栄《はやのみちえ》（二二）と判明した。いずれも全身打撲と内臓破裂でほとんど即死に近い状態である。

現場は奥大井川源流の深い谷で道路からの落差四百メートル、傾斜七十～八十度の脆《もろ》い絶壁がつづいている。人造湖井川《いかわ》湖に近く、南アルプス最南端大無間山《だいむげんざん》から風入らず山の裾《すそ》に当たる。山腹は南アルプス特有の濃密な森林によって埋められ、標高千メートル付近を境界にして広葉樹と針葉樹に分かれる。

また、崖には、黄色や茶褐色の珪質岩《けいしつがん》や輝緑凝灰岩の風化した脆い岩層が露出している。

現場は標高約八百メートル前後で、岩の露《あら》われていない個所はブナ、クルミ、ニレ、シデなどが混生している。

谷が深く切れ込んでいるため、死体と車の収容は困難をきわめた。とりあえず死体の収容を優先した。崖に固定ロープを張ってレスキュー隊が下降する。

遺体はとりあえず登山用の寝袋《シュラフ》に入れてロープで吊《つ》り上げる。

二体収容してホッとしたとき、車の様子を見に谷底へ下りたレスキュー隊員が、愕然《がくぜん》とさせるようなことを言ってきた。

「おい、こっちにもう一人死んでるぞ」

「なんだと！」

ラリー参加者は一台に二人と定められている。

「手に負えない。手伝ってくれ」

第三の遺体を発見したレスキュー隊員が応援を求めてきた。ロープを延ばして、さらに百メートル下りると、岩がけの灌木《かんぼく》に引っかかった形で危うく崖の途中に留まっていた。かなり長い期間放置されていたとみえて、死体の傷み方が著しい。二十代後半から三十代後半の男である。明らかにラリー車と共に転落した人間ではなかった。

意外な〝副産物〟の発見であった。

島田署によって収容された第三の遺体は、死後経過二～三週間と推定された。井川湖周辺にハイキングに来て道に迷い崖から転落したものか、あるいは殺されて死体を投げ込まれた疑いもあった。

島田署では第三の死体を犯罪に基因する疑いありとみて解剖に付した。その結果、死因は腐敗が進んでいるために確定できないが、第一因として撲殺（転落ショックによる打撲傷との判別が困難）、第二因として薬毒物服用（臓器から睡眠剤の成分を証明）、第三因として絞殺（表皮が剥離《はくり》しており、目に溢血点《いっけつてん》はない。死後経過時間が長いとわからない）。

死後経過時間は体表の変化の度合によって三週間から一カ月。

推定年齢二十五～三十五歳——と鑑定された。なお同人はグリーンのジャンパーとジーンズに右脚にスニーカーを履いており、左脚の靴は転落の途中脱落したらしい。衣類には一切身許《みもと》を示すような手がかりがない。持ち物は現金約三万八千円、デジタルの腕時計だけである。

結局、解剖によって死因は確定されなかった。他殺の疑いは濃厚であったが、自殺の意図でクスリを服《の》み、死に切れず、ふらふらしながら谷へ飛び込んだ可能性もある。また他殺としても現金が残されている点からみて、物盗《ものと》り目的ではない。

現地は静岡市の西北約五十キロの深い山中であり、アプローチは車か、井川までの大井川鉄道に頼るしかない。日数が経過しているために、聞込みの効果は期待できない。

だが身許不明の第三の死体に対して意外な方角から照会がきた。

3

南アルプス山中奥大井川源流において身許不明死体発見の報知に代々木署の捜査本部は敏感に反応した。

なんとなくそんな予感がしていたのである。年齢も二十五〜三十五と符合している。電話で現地所轄署に照会すると、死者の特徴は完全に一致した。郷里の遺族に連絡して遺体の確認を依頼する一方、菅原と河西が現地へ赴くことになった。


死者は、前沢雄爾と確認された。

大中、深草殺しの有力容疑者として行方を捜されていた前沢は、すでに三週間以上も前に南アルプス山中で死体となっていたのである。

解剖では他殺と断定されていない。

前沢の死体の発見によって再び合同捜査会議が開かれた。

「大中の殺害した際、犯人は玉つき追突の写真を現場から持ち去っている。その写真は彼が犯人であることを推測させるものであった。前沢にとって都合の悪い写真を現場から持ち去ったということは、彼が捕まりたくなかった心理を示しているとみてよいだろう。その彼が自殺をしたとは考えられない」

という意見が出た。これに対し、

「大中を殺しただけでは復讐《ふくしゅう》は達成されていない。深草を殺すまでは、捕まりたくなかったのは当然ではないのか。深草を殺し、復讐を達成して妻子の後を追ったと考えてもおかしくあるまい」

と反論が出た。

「それにしても、死体の状況が不可解だ。睡眠薬を服んで死に切れず崖から飛び下りたという状況は覚悟の自殺とはおもえない。持ち物もほとんどないし、現場へのアプローチの方法もわからない。解剖によっても犯罪死の疑いを否定していない。薬で眠らされたまま車で現場に運ばれて来て、突き落とされた可能性が大きいとみられる」

犯罪死説は主張した。

「持ち物は谷川に落ちて流されてしまったのかもしれない。薬は種類によっても、また用いる環境や、身体条件によっても効果が異なる。山中の涼しい場所で、早くさめる種類の薬を用いたものだから、死に切れなかったということは十分考えられる。覚悟の自殺でも死に切れず、じたばたする例はよくあるではないか」

自殺説も譲らなかった。

だが他殺とすれば、犯人の見当がまったくつかない。動機も皆目不明である。

前沢は玉つき追突から捜査線上に浮上してきた人物である。

まず山添が殺され、つづいて大中の死体が発見され、三番目に深草が殺された。

山添殺しの容疑者として塩沼弘子、大中については北浦が浮かんだ。三件の被害者が一連の玉つき追突に関連しているところから、前沢が新たに浮かんできたのであるが、この前沢が消されてみると、残る人間がいないのである。

「あと一人残っています」

と発言したのは牛尾刑事である。視線を集めて牛尾は言葉をつづけた。

「山添と一緒に旅行をする約束をしながら、深草をピンチヒッターに仕立て、そして同女の死体の発見者となった赤阪直司を、この際無視できないとおもいます」

「しかし赤阪は無関係と断定されたのではなかったのか」

打てば響くような反駁《はんばく》があった。

「たしかに山添、深草に対して動機が見当たりません。しかし前沢が死んでいたと判明したいま両女に関わっている人間は、これまでの調査では彼一人です。それに深草と大中のヤマが関連しているとタレこんできた者が、まだ不明のままです。両件のつながりを努めて隠したい前沢が、タレこむはずがありません。赤阪を取り調べる必要があるとおもいます」

牛尾は強く主張した。

4

捜査本部から任意出頭を求められた赤阪は警察の雰囲気が前回とは比べものにならないほど厳しいのにすくみ上がった。任意出頭の形をとっていても、拒めば即座にしょっぴくぞという、妥協のない態度である。

前回訪れて来た牛尾と名乗った刑事は、穏和な姿勢を崩さないが、穏やかさの底にある疑惑の岩床が感じられた。

赤阪は自分が大中の別荘で発見した写真の送り主であることを突き止められたのを悟った。いやこの気配はその程度の容疑ではなさそうだ。

捜査本部に連行された赤阪は、ひとたまりもなく自分が行なったことを供述した。菅原と共に取調べに当たった牛尾は、言葉をさしはさまずに彼の言葉に耳を傾けてくれた。一通り話し終ると、

「それでは深草と大中との関係を最初から察知していて、それを確かめるために大中の別荘へ忍び込んだというのですな」

「そうです」

「なぜ最初にそれを言わなかったのですか。深草さんの死体を発見したときに」

「言っても信じてもらえないとおもったのと、犯人が私を罠《わな》にはめようとしたのではないかと考えたからです」

「犯人が罠？」

「犯人は私が当夜十時に深草さんの家に来ることを知っていて、私を犯人に仕立てようとしたのではないかとおもったのです」

「それなら犯人から警察に通報があるはずでしょう。あなたの前にそんな通報はありませんでしたよ」

「そのときはそうおもったのです。警察にない資料を使って、犯人を追及したいという気持がありました」

「あなたが行なったことは住居侵入と窃盗罪を構成しますよ。それもあなたの言葉を信じた場合ですが」

信じなければ殺人容疑だと言葉の裏で言っている。

「私が殺人なんてとんでもないことです。私が犯人なら、写真や手紙を送ったりするはずがないでしょう」

「そうとは限りませんよ。前沢雄爾に罪を転嫁するためとも考えられます」

菅原が容赦なく言った。

「そ、そんな。私は山添さんと深草さんが殺されてだれよりも悲しんでいます。彼女らはぼくのつまらない半生に彩りをあたえてくれたのです。それを殺すなんて、考えたこともありませんよ。ただ犯人を捕まえたい一心でやったことです。本当です」

赤阪は、すがりつくようにして訴えた。

第十六章　第三の同乗者

1

せっかくの牛尾の着眼であったが、赤阪は犯人像として無理があった。彼が訴えるように、彼には両女を殺す理由がない。ましてや大中との間にはいかなるつながりも見出《みいだ》せなかった。

赤阪が容疑圏外に去ると、今度こそ犯人に該当する人物がいなくなった。

そのとき新宿署の大上が面白いことを言いだした。

「前沢の死因の追及をひとまず保留して、前沢が三件の殺しの共通犯人であるとすれば、まず大中を十九日午後九時以前（九時に北浦が行ったときにはすでに死んでいた）に殺害し、その足で山添を殺しに行ったことになります。いくら連続犯行とはいえ、あまりにも急ぎすぎているのではないでしょうか」

山添の死亡推定時間は同日午後九時から午前一時の間とされている。大中の住居の大山町から山添の新宿七丁目までは近いが、午後九時以前に殺した足を延ばして、午後十時以降にまた一人殺しに行ったとすれば、文字どおり息継ぐ間もない連続犯行となる。二十五日午後九時ごろ殺された深草と比べてなんとも忙《せわ》しないのである。

「余勢を駆ってということもあるよ」

牛尾が言うと、

「それなら深草も一気呵成《かせい》に殺《や》ったはずです」

「彼女の家へ行ったが、生憎《あいにく》旅行に出かけていて留守だったんじゃないのか」

「二十一日には帰って来ています。それなのに二十五日まで待ったというのは、十九日大中と山添を連続して殺したのに比べて、間延びしています」

「やはり山添は別件ということになるかね。それに美容師のにおいもしなかったというからね」

もともと牛尾は三件連続説に消極的だったのである。

「山添殺しが、大中、深草と切り放されれば、前沢の死因はどういうことになるのでしょうか」

「少なくとも山添には関係ないということになるが……」

そのとき、頭の奥にかすかな光が明滅したような気がしたが、すぐに消えた。

その後の調査によって、深草が戸沢経済研究所に入所したのは、大中の斡旋《あつせん》によるものであり、彼が密《ひそ》かに同女を援助していた事実がわかった。

大中の家には玉つき追突写真の該当原板《ネガ》はなかったが、深草の家に同女が撮影したとみられる膨大な量のフィルムがあった。

フィルムのすべてが鑑識に保存されて一枚一枚丹念にチェックされていた。素人によくあるように保存の状態が悪く、ＤＰＥからピックアップしたときのまま、まったくの未整理であった。

フィルムホルダーの中に入れたままになっている、玉つき追突を撮影した一連のフィルムを長い時間をかけて探し出した。

事故に巻き込まれて咄嗟《とつさ》にシャッターを押したらしく、事故関係の写真は数コマあった。他のコマは事故と関係なかったが、ドライブ先で撮り合ったらしい大中と深草のスナップであった。

大中邸から持ち去られた写真は深草から貰《もら》ったらしい。大中自身もシャッターを押したと言っていたが、深草の入選作が気に入ったのだろう。

フィルムは引き伸ばされてプリントされた。コンクールに入賞したのは、その中の一枚であり、事故の現場に行き合わせた臨場感がなまなましく伝わってくる。

拡大された写真は各捜査本部に配られた。牛尾はその写真を改めて丹念に見た。凄惨《せいさん》な写真である。

炎上する車内に閉じ籠《こ》められた母子の姿が、シルエットになってはっきり撮《うつ》っている。こんなになっても母が子を火熱から庇《かば》うように抱きしめた姿勢が哀れである。赤阪から送られた写真の構図とはアングルが異なり、いっそう迫力がある。

これを見た遺族はどんな気持がしたか。しかも撮影者が追突車に乗っていた人間となれば、遺族の逆上する気持もわかろうというものである。

炎上する車のかたわらで手のつけようがなくて棒立ちになっている人たち、茫然《ぼうぜん》自失している人、遠巻きにして見物している弥次馬たちの表情などもよく現われている。

二番車のみ人間を閉じ籠めて、先頭車と三番車の中には人影は見えない。それに乗っていた人間は逸速《いちはや》く脱出してこの写真を撮ったのである。遺族の気持もさることながら、自らがこの事故の加害者的位置にあった者が被害者が生きたまま燃えている構図にカメラを向けるのは、鉄の心臓がなければできないことである。

牛尾は写真を凝視している間に、脳裡《のうり》に電位が高まってきてスパークした。赤阪を取り調べた後にも脳細胞に明滅するものがあったが、エネルギーが足りなかった。

今度は十分にエネルギーが働いた。スパークが照らし出した範囲の中に、これまでの盲点が浮かび上がった。

2

「大上《ウル》さん、二番車も三番車も二人ずつ乗っていた。先頭車は山添一人だったね」

牛尾は相棒に問いかけた。

「そのように記録されていますね」

事故の記録も当時の報道もそのようになっている。

「それは結局、山添の申し立てに基いているんじゃないのか」

「山添の申し立てに？」

大上はまだ牛尾の示唆の意味をつかみ取れない。

「先頭車に山添一人が乗っていたということは、証人がいるわけではないよ」

「目撃者が大勢いたでしょう」

「事故の目撃者は大勢いたかもしれないが、先頭車に山添一人が乗っていたということは、だれも見ていないんだ。一番見ていた可能性の強い二番車の前沢母子は焼死してしまったし、三番車の大中と深草は殺された。駆けつけて来た人間も事故の方に目を晦《くら》まされて先頭車に何人乗っていたか確かめていない。すべて山添の申し立てに基いているんだ」

「それじゃあモーさんは山添が嘘《うそ》を言ったと……」

ようやく牛尾の示唆がわかりかけてきた。

「そうだよ。山添の車にも同乗者がいたかもしれない。同乗者がいたのに、一人のように申し立てた。なぜそんな嘘をついたのか。一緒にいるところを見られてはまずいからだよ。偶発の事故に同乗者は車から下りて姿を晦ました。事故の混乱の中でだれがどの車に乗っていたか、どの車に何人乗っていたかだれも見ていない。関係者の後の調べでわかったことだよ」

「大中と深草も同じ車に乗っていたが、隠そうとしなかった」

「彼らは特に隠す必要はなかったのだろう。あるいは写真を撮るのに夢中になって逃げ遅れたのかもしれない」

「山添の車に同乗者がいたというのですね」

「それを否定する証拠もないだろう」

「車に一緒に乗っていたくらいでは、特にまずいというほどの状況ではないとおもいますが」

「たしかに男と女がラブホテルから一緒に出たとか、のっぴきならない現場を見られたとかいう状況ではない。同乗者を男と仮定したうえだが。まあ一緒にいるところを見られてまずいというのは、男と女のケースが多いからね」

「それではその同乗者がいたと仮定して、彼はなぜ姿を晦ましたのでしょうか」

「玉つき追突の前に一緒にいたという事実を絶対に秘匿しなければならない事情があったとしたらどうかね」

「秘匿しなければならない事情というと……」

「事件と言い直してもいいよ。玉つきの前に山添の車は事件を起こした。つまり車を解体しなければならないような事件を」

「モーさん、それじゃ塩沼弘子の子供を……」

　大上がようやく悟った。

「時間も場所も接近しているだろう。塩沼の子を轢《ひ》いた犯行車が、ちょうど玉つきの現場にさしかかるころだよ。もし轢き逃げ犯人が山添の車を運転していたとしたら、山添の車に乗っていた事実を絶対に隠したかったろう」

「つまり轢き逃げ犯人は山添ではなく、同乗者だったと」

「そうではないとは言えないだろう」

「すると犯人にとって玉つきに巻き込まれたのは、証拠物件たる車を始末する怪我《けが》の功名だったことになります。そうなると山添はなぜべつの車を解体したのかという謎《なぞ》が残りますが」

「同乗者に対する示威ではないかとおもう」

「犯人を脅したというのですか」

「犯人は、証拠物件を焼却してホッとしたかもしれない。ところが山添がそうは問屋が下さない、私がすべて知ってるぞと犯人にデモンストレーションするために十分使える車を犬を轢いたという名目でスクラップに出した。そんなことをすれば警察の目を惹《ひ》きつけかねない。現に我々が目を着けた。これは山添が犯人に対して自分の言うとおりにしなければ、おそれながらと訴え出てやるぞという脅しであったかもしれない」

「山添が犯人を恐喝していたと考えますか」

「その可能性は大だね。犯人が社会的地位があり、山添と同乗していた車を運転中子供を轢いて逃げたとしたら、これは絶好の恐喝材料だよ。山添が恐喝をしていなくとも、彼女の存在そのものが犯人にとって大きなプレッシャーだったとおもうよ。山添が車を解体した事実をみても、彼女に恐喝の意志があったのは明らかだ」

「すると山添殺しは大中と深草殺しから分離されますね」

新たに開いた意外な展望である。だが十分に説得力があった。牛尾説は、大上が疑義を投げかけた大中と山添の「性急すぎる連続犯行」を説明するものである。

「山添殺しは分離されたが、前沢の死因が不明になった。前沢は犯行を韜晦《とうかい》しようとしている。彼が自殺するはずがない」

「前沢殺しは玉つきの線からきているとおもいますか」

「それ以外の線が、いまのところ見つからない」

「前沢殺しの犯人がいなくなっちゃいましたね」

「おれはいま轢き逃げ犯人と前沢殺しを結びつけられないかと考えているんだよ」

「彼らがつながりますか」

「共通項は玉つきだ。つながりがあるとすれば、この玉つきの中からだね」

牛尾説によれば、山添殺しは塩沼の子供の轢き逃げ事件から発している。山添の恐喝から免れるためと、彼女の口を永久に塞《ふさ》ぐのが犯行動機である。

一方、大中と深草殺しの動機は復讐《ふくしゆう》である。彼らは全員玉つきの当事者としてその現場に顔を揃《そろ》えているが、牛尾説によれば、前沢が復讐のターゲットとしたのは、三番車に乗っていた大中と深草である。

前沢と山添殺しの犯人を結びつけるものは見当たらない。

「こういう考え方はできないでしょうか」

大上がなにかをおもいついた表情をして、

「玉つきは山添車が急停止しなければ発生しなかったことです。事故のおおもとは山添の車ということになります。だから前沢としては、初めから山添も復讐の的の一つに数えていた。大中を殺した足で山添の家に駆けつけたところ、山添を殺す現場を目撃したとしたらどうでしょう」

大上の説によると前沢殺しの犯人が〝誕生〟する。

「面白い見方だな。だがそうだとすると、きみ自身が、疑問を投げかけた大中を殺した足で、前沢は慌てふためいたように山添を殺しに行ったことになる。前沢はなぜそんなに急いだのか。それから仮に前沢がべつの犯人による山添殺しを目撃したとしても、犯人が何者か知っていなくてはならない。自分の素姓を知らない者に目撃されても、犯人にとって大した脅威にはならないとおもうがね」

牛尾の指摘は、大上説のネックであったが、大上の発想には、前沢の死因と山添殺しの犯人を結びつける斬新《ざんしん》な視点がある。

「すると、前沢が知っていた人物ということも考えられてきますね」

「前沢の生前の人間関係をさらに詳しく調べる必要があるね」

3

代々木署の捜査本部は、「新宿」からの示唆（牛尾説と大上説）を謙虚に受け入れた。隣接署としてこれまで何度も協力して隣接署関連事件の捜査に携わった菅原や芹沢《せりざわ》が捜査本部にいたことが、意思の疎通を滑らかにした。

新宿の意見によれば、前沢を殺した犯人と山添殺しの犯人の間につながりがあるということになる。これは山添殺しを、大中と深草殺しからいったん切り放した後、再び結びつけるものである。

前沢が山添殺しの犯人を目撃したとする大上説は衝撃的であった。

「新宿の意見は傾聴に値するとおもう。これが的を射ていれば、前沢殺しの犯人は前沢の生前の人間関係の中に潜んでいることになる。前沢の生前を徹底的に洗ってみよう」

代々木署の捜査方針は新宿の意見を踏襲した形になった。

山添の車に同乗者がいたとすれば、彼は（女の可能性も少ないながらある）深草が撮影した玉つきの現場写真の中に撮《うつ》っている可能性があるという意見が出て、写真中のすべての人物が一人一人クローズアップされた。シルエットとなっていたり、後ろ向きになっていたりして判別できない者もいたが、十八名の顔が辛うじて見分けられた。また身体の特徴を見て取れる者が六名いた。

これらの写真の中から前沢が生前多少とも関わりのあった者を探し出していくわけである。

写真をもった捜査員が、前沢の〝関係各所〟に向かって八方に散った。

第十七章　犯行のキイ

1

「あら、これなにかしら」

中江淳子《なかえじゅんこ》は飼い犬コロの小舎《こや》を久しぶりに掃除して、小舎の隅から出てきた〝異物〟をつまみ上げた。プラスチックの札《タッグ》をつけた鍵《かぎ》である。タッグには４０７とナンバーが打たれている。ホテルのルームキイのような感じである。

「いやあねえ、どこからこんなものを咥《くわ》えてきたのよ」

淳子はコロに問いかけたが、二本の後ろ足で立ち上がりながら、じゃれかかってくるばかりで答えない。

コロはいたずら好きで、時々鎖から放してやるといろんなものを小舎の中に咥え込む。靴やサンダルの片一方などはザラで、帽子、マスク、本、時には女性の下着などが小舎の中に蓄えられてある。

捨てたものならよいが、れっきとした所有主のあるものを咥えてくれば、窃盗になってしまう。女性の下着などは持ち主がわかったところで返すに返せない。いくら叱《しか》ってもやめようとしない悪癖に、飼い主の淳子はほとほと困り果てていた。

鎖に縛りつけていると、ヒステリーになって狂ったように吠《ほ》える。一日一回の散歩では全然不満なのである。フリーの編集者として数社をかけもちしている身なので、夜が遅いことが多い。生活も不規則である。その一日一回も欠かすことがある。

あまりに吠えられると、つい根負けして鎖から解いてやると、手当たりいや口当たり次第に咥え込んでくるのである。近所に泥棒犬の噂《うわさ》が立たないうちに、いっそうどこかへ捨ててきてしまおうかとおもったこともあったが、子犬のときから育てたので、情が移っている。

本来犬を飼う資格のない者が飼ってしまったと反省するのだが、いまさらどうにもならない。もし彼女が、コロが吠え立てたことが、いたいけな生命を奪う原因になったと知ったらもっと深刻に悩んだはずである。

それにしてもホテルのキイらしきものをいったいどこから咥えてきたのか。近くに、少なくともコロのテリトリーの範囲にこのキイに該当するようなホテルはない。コロがそんな遠方へ行くはずもない。

とすると、キイをだれかがコロのテリトリーの中へ運んできたことになる。キイを落としたのか、あるいは故意に捨てたのか。

ホテルにはスペアキイはあるだろうが、良心的なホテルはキイが紛失したり、客に持ち去られたりすると錠前そのものを変えてしまうという話を聞いたことがある。もしキイの主のホテルがわかれば送り返してやりたいとおもった。札の裏には「スターライト」と仮名文字が入っている。それがキイの主の名前らしい。ホテルとしてもそんなホテルの名前は聞いたことがない。

もしかするとラブホテルの類《たぐ》いかもしれない。この地域にもラブホテルやモーテルが雨後の筍《たけのこ》のように簇生《そうせい》している。

うっかりラブホテルのキイを持ち帰り、家に持って行くわけにもいかず、送り返すのも面倒だということで、捨てていったということは十分に考えられる。

「いやあねえ」

淳子は眉《まゆ》をひそめた。キイの出所と、それを捨てていった人間の両方に対して顰蹙《ひんしゅく》したのである。

2

塩沼弘子の子供を轢《ひ》いた犯行車が山添車であるという想定の下に再検討された。

事故発生後、現場は綿密に検索され、犯行車の塗料片なども採取されていた。

しかし、犯行車は割り出されずじまいに終った。ゴマ粒ほどの塗料片でもあれば自動分析装置にかけて、車種、年式、色が数分で決定できるようになっている現在、轢き逃げ検挙率は首都圏では百パーセントに近い。全国でも九十パーセントの高率であるのに未解決に終ったのは、証拠物件たる車が玉つき追突に巻き込まれて焼失していることとおもい合わせればうなずける。

だが犯行車が燃えてなくなってしまったとなると牛尾説を証明できないことになる。

あきらめきれない牛尾は轢き逃げの現場に立った。立ったところで、いまさらなにが出てくるものでもないが、現場を見ておきたかった。川越市域のかなり交通量の多い車道である。こんな所で、深夜でもない時間帯に轢き逃げがまかり通り、しかも目撃者（車）がいなかったということが信じられない。

加害者、被害者双方にとって「魔の時間帯」にすっぽり入ったとしか考えられない。

「なんでもこの辺で犬に吠えられて子供が路央に飛び出して轢かれたということだった

な」

　牛尾は相棒の大上に話しかけるともなく言った。

「特に犬の気配もないようですが」

　と大上が言ったとき、突然通りのかたわらの塀の中からけたたましく犬が吠え立てた。

「ああ、びっくりした。この犬だな。これじゃ子供が驚くのも無理はないな」

　ただ吠えるだけでなく塀の内側を足でかきむしるような気配がする。子供にはいまにも飛びかかって来そうな恐怖をあたえたにちがいない。

「鎖につながれてストレスがたまっているようだな。運動が足りないんだよ」

　牛尾が言った。彼はいまは犬を飼ってないが、犬好きでその習性をよく知っている。

「それにしても罪つくりな犬ですね。この犬が吠えなければ、また被害者母子がここを通りかからなければ、そして車が来合わせなければ子供は死なずにすんだのに」

　大上が無念げに言った。

「いつも吠えていれば、定期的通行人はそのことを知っていて身構えられるのだが、こういう犬はストレスのたまったときしか吠えないんだよ」

「ますます罪つくりだなあ」

「犬に責任はないよ。あるとすれば飼い主だ」

「飼い主は知っているでしょうかね」

「家の前で起きた事故だから事故があったことは知っているだろう。しかし犬が吠えただけでは刑事責任を問うのは難しい。そのとき放し飼いにでもしておいたら話はべつだが」

「それじゃあ飼い主は自分の犬が子供が死んだ遠因、いや直接の原因になっていることを知らないかもしれませんね」

「さあどうかな」

「一言、言っといてやりましょうか」

「やめといたほうがいい。犬に責任はないんだ」

「飼い主に責任があると言ったじゃないですか。また同じような事故を防ぐ意味でも飼い主に一言注意をしておくべきだとおもいます」

「地元がやっているだろう」

他署管内、しかもここは他県警の管轄であるから出過ぎたまねは控えなければならない。

「それじゃあ確かめてみましょう」

大上は犬に吠え立てられて、義憤を募らせた様子である。玄関にまわってみると「中江」と表札が出ている。まだ比較的新しい建売りである。小さい家ながら、猫の額のような庭がついている。犬はその庭につながれているらしい。

ブザーを押すと、インターホンから女の声が「どちら様ですか」と問いかけた。機械を通した声であるが、若い優しげな声である。ドアを開かせるために素姓を明らかにする。

案の定、内で驚いた気配が伝わって玄関が開かれた。三十前後のしっとりとした女性が立っていた。彼女が中江であろう。なんとなく出端《ではな》をくじかれた形で大上が、

「突然お邪魔いたします。昨年十一月十八日のことですが、お宅の前で二歳の子供が轢き逃げされた事件がありましたが、ご存じですか」

と問うた。

「はい。そんな事件があったという話は聞きましたが、それがなにか」

中江の表情に不審の色が浮かぶ。そのとき庭の方でまた犬が吠えた。

「その原因については聞きましたか」

「いいえ」

「ほう、ご存じなかったのですか」

「仕事で留守をすることが多いものですから」

家の中に家族の気配はない。どうやら一人住まいのようである。若い女性が小さいながらも一戸建に住んでいるのは珍しいケースである。

「犬が寂しがっているようですね」

大上がそれとなく犬の方へ水を向けた。

「はい。本当はもっと散歩へ連れ出してやらなければいけないんです。今日は久しぶりに

いるでしょう」
早く帰って来られたのでお散歩へ連れ出してやろうとおもっています。あんなに催促して

彼女はさりげなく早く切り上げて欲しいと仄《ほのめか》した。

「久しぶりのワンちゃんの散歩の邪魔をしてもいけませんな。実はですね、お宅のワンちゃんにいきなり吠えかけられて、びっくりしたあまり子供が車道に飛び出したということです」

「あのう、うちのコロが吠えたのが、子供が轢かれた原因とおっしゃるのですか」

中江の表情が改まった。

「そういうことですね」

「まあ」

息を呑《の》んだまま、みるみる顔色が青くなった。

「まあ、いまさら言ったところで仕方がありませんが、あの位置に犬をつないでおられると、歩道を通る人がいきなり吠えかけられて、びっくりするかもしれません。再び同じような事故が起きるといけませんので、ちょっとご注意申し上げたのです」

「わたし、私どうしましょう」

中江はショックをうけた様子である。

「まあ、たまたまそんな結果になったわけで、特にお宅の犬のせいということでもありま

せんから、あまり気になさらないように」

彼女の著しい反応に、大上は逆になだめるように言った。

「私、ちっとも知りませんでした。コロは、生まれて間もないころ散歩に出た先の川に落ちて死にかけていました。可愛想《かわいそう》におもって救い上げ、ほんの数日のつもりで家においたのが、離れられなくなったのです。中途半端な情けをかけるほうが、後でもっとむごいことになると知りながら、犬を飼う資格もないのに飼ってしまいました。本当はマンションに住みたかったのですが、一戸建を借りたのもコロのためです。でも私の中途半端な行為が、よそのお子さんの命を奪ってしまったかとおもうと……なんとお詫《わ》び申し上げてよいかわからないわ」

彼女はすっかり打ちのめされていた。

「どうぞ、それほどお気になさらずに」

自分が言い出しておきながら大上は当惑した。

「一番悪いのは轢き逃げ犯人です。犯人が注意して運転していればこのような悲しい事件は起きなかったのです。まして逃げるなどということは絶対に許せません。我々は地の果てまでも追いかけて行くつもりです」

牛尾が言葉を添えた。轢き逃げの専従捜査員ではないが、彼女のショックを見ていると、犯人に対する怒りが沸々と煮えてくる。轢き逃げは被害者だけでなく、意外な所に意外な波紋を及ぼした。飼い犬のためにかなり無理をしたらしい一戸建からも追い出されたら、彼女と犬にもはや行先はあるまい。

「あのう、犯人を探していらっしゃるのですか」

中江は面を上げた。気丈らしい面に薄く濡《ぬ》れた痕《あと》が認められた。二人がうなずくと、

「実は、事件があった日は仕事で夜遅く帰ってまいりました。そのため一日一回の散歩もサボッてしまいました。夜遅くなってからあまりにコロが鳴くので近所迷惑と考えてつい鎖から放してやりました。コロはいろいろなものを咥《くわ》て来るくせがあります。でもそのとき以後は放し飼いにしたことはありません。咥えて来たとすれば、その夜か、それ以前に放し飼いにしたときですが、その少し前にコロの小舎を掃除して咥え込んで来たものを全部取り出しておきました。実は先日コロの小舎を掃除したときに変なものが出てまいりました。咥え込んで来たのは事件の夜以外には考えられません。もしかしてそれが事件に関係ありはしないかと、ふとおもったのですけど、事件の後、警察が現場を捜索してますから、そんなものが残っているはずはありませんわね」

中江は素人のおもいつきを恥じるように笑った。

「そのう……コロが咥えて来たものとはなんですか」

二人は自然に上体を乗り出している。

「ごらんになりますか」

「ぜひ」

中江は立ち上がって別室からなにかを取ってきた。

「これですの」

彼女が差し出したものを手に取ってしげしげと見た二人は、

「ホテルのキイのようですね」

「でしょう。でもこの近くにそういう名前のホテルはありません。きっと少し離れた地域にあるのかもしれません」

「これを少しお借りできませんか」

「どうぞ。でもそれがなにか関係があるのですか」

「まだわかりません。関係があるかどうか我々の手で少し調べてみたいとおもいます」

二人は同じことを考えていた。キイはいかにもモーテルかラブホテルくさい。離れた距離にあるモーテル類のキイをここまで運んで来るには、車の可能性が大である。

ホテルから出て途中まで来たところでキイをうっかりもち帰って来たのに気づいた。人目を憚《はばか》る情事であるなら、そんな〝証拠物件〟をもっていられない。車から投げ捨てた所が犬の縄張り《テリトリー》であった。

そしてその車が子供を轢過《れきか》した犯人も乗せていたかもしれない。もちろん現場には警察の厳重な観察と検証が加えられた。だが犯行現場より犬のテリトリーのほうが広い。警察の検索は犬のテリトリー全域をカバーできない。警察の検索から免れた犬のテリトリー内にキイが捨てられたとすれば、犬が咥えて来る可能性は十分にある。

刑事の頭の中で次第に発酵してくる思惑があった。もしこのキイが犯人の遺留物であったなら、それを事件の遠因となった犬が咥えて来たとは、なんという因縁であろうか。犬に心があれば、自分が吠えたために死なせた子供の命に対するせめてもの償いであったのか。

一本のキイに、文字どおり事件を解く鍵《かぎ》があるかもしれない。

第十八章　書かれざる因縁

1

そのころ「代々木」と「戸塚」の捜査員たちは、玉つきの拡大写真を手にして前沢雄爾が生前多少とも関係のあった各所をまわり歩いていた。まず前沢の店の顧客関係、友人知己、細君の縁辺や友人、両人の郷里、学校関係、両人が出会い、働いていた赤坂の美容院「ベルモードサロン」などを聞込みにまわった。

「ベルモードサロン」は赤坂三丁目のいわゆる一ッ木通りにある総合美容院である。髪を中心に肌、手足、全身美容、男性美容部門と分れてそれぞれの専門美容師を擁して、都心のハイブラウの客を集めている。前沢はここの髪部門《ヘアセクション》のアシスタント・ディレクターをつとめていた。ディレクターがセクションのチーフであるから、二番手である。

妻の泰子は、ヘアデザインの専門であった。どちらも研究熱心で腕が優秀で客の評判がよかった。

「ベルモードサロン」を担当したのは、戸塚署から捜査本部に投入された日垣《ひがき》と仲村《なかむら》という刑事である。前沢夫婦が勤めていたころの朋輩《ほうばい》は少なくなっている。いずれも都心の有名美容院で修業すると、独立するか、新規開店のチーフ格で出て行ってしまう。

古顔の店の者に客の切れ間に写真を見せたが、いずれも首を横に振った。

徒労の色が濃くなったとき、男性美容部門のディレクターが反応を示した。

「この方は以前よくお見えになった最上さんのようです」

彼は写真の中の一つの顔を指した。

「もがみさんとおっしゃいますと」

捜査員はその反応に食いついた。

「最近お見えにならなくなりましたが、『東陽《とうよう》モーター』の重役さんです」

「『東陽モーター』の重役！」

捜査員は気負い立った。同社は日本の大手自動車メーカーであり、山添が乗って玉つきに巻き込まれた山添のFFスーパーDXは同社のベストセラーカーである。

「なんでも東陽の技術担当重役さんだそうで、とてもファッションセンスの鋭い方です。当店にお見えになられたのも、美容ファッションから未来のシティカーのセンスをつかむためだなどとおっしゃっておられました」

「そのもがみという人と以前お宅のヘアデザイン部門にいた前沢さんとは知り合いだったでしょうか」

「もちろんです。ヘアデザインとカーデザインは相通ずるところがあるということで、よく話し合ってましたよ」

男性美容セクションのチーフが指した写真の顔は、弥次馬の背後から事故の場面を覗《のぞ》いており、その一部は影に隠れている。拡大写真はかなりボケているが、特徴は捉《とら》えている。

五十代半ばとみられる厚みのある男の顔である。

発見は早速捜査本部に報告された。捜査本部は色めき立った。「東陽モーター」の重役最上と前沢の間に面識があった。しかも最上は前沢の家族が生きながら焼かれた事故を目撃しながら、名乗り出ていない。記録には事故の目撃者の供述もあるが、最上の名前はない。

これは明らかに不自然であった。事故発生時、前沢の妻子であることを知らなかったという可能性はあり得る。だが報道によって被害者が判明した後も黙秘をつづけていた。警察が目撃者の証言を広く求めていたのにもかかわらずである。最上の犯人適格性が検討された。

「最上を仮に轢き逃げ犯人としてみよう。『東陽モーター』の技術担当重役が女の車でドライブ中、幼児を轢き殺したとなると、我が身の失脚はもちろんのこと、会社のイメージを決定的に損う。女との関係も秘匿しておきたかったら逃げだす確率は高いとみてよいだろう」

「逃げ出した先で幸か不幸か玉つきに巻き込まれた。証拠物件の車は燃えてしまった。彼は玉つきの当事者となると、轢き逃げとのつながりを手繰られるのを恐れて、山添を口説き、山添一人が車に乗っていたように見せかけた」

「唯一の証拠物件が物怪《もっけ》の幸いの玉つきで焼却されたので安心した最上に、私の存在を忘れるなというデモンストレーションをかける意味で山添はセカンドカーを解体した」

「そして山添の口を塞いだ現場を前沢に見られたので、前沢を奥大井川源流に誘い出して自殺に見せかけて殺した」

「奥大井川源流地帯は山岳ドライブの有数コースとなっており、各社の悪路走行のテストコースとなっているので、最上に土地鑑があったと考えられる」

　検討の結果、最上に犯人適格性は十分にありとされた。

　時期を同じくして埼玉県東松山《ひがしまつやま》市域のモーテル「スターライト」を当たった牛尾と大上コンビは、昨年十一月十八日に山添延子の特徴に該当する女性が五十代の男と共に〝休憩〟した事実を突き止めた。

　宿帳の記入を求めないモーテルで特定の客の印象が残っていたのは、彼らが休憩した4

０７号室のキイを持ち去ったからである。キイを持ち去られると、そのとき担当したフロント係の個人弁償となり、キイの紛失台帳に記録をつけておくことになっていた。

山添の同行男性は、最上の特徴に符合していた。捜査本部は緊張した。ここに一件の轢き逃げ事故、三件の殺人事件、一件の自他殺不明の奥大井川源流断崖《だんがい》転落事件は一挙に解決される気配がしてきたのである。

ここに準合同捜査本部が統合され、最上の身辺調査、共犯者の有無の調査、事件当時のアリバイ捜査、これらの調査を踏まえての犯人適格性の判断等が合同捜査方針として決定されたのである。

2

最上秀幸現在五十七歳の身辺が密かに調べられた。相手は日本のメジャー企業の重役である。捜査は慎重に進められた。

最上秀幸は山形県長井《ながい》市出身、地元の高校を卒業後、T大工学部航空工学科に進み同大卒業後、「東陽モーター」に入社した。同社設計課長を経て現在本社技術部長兼技術担当常務取締役である。

航空機エンジンを応用した同社の主力カーフラッシュFシリーズを開発し、同社の名前を一躍国際的に高めた。

家庭は妻との間に二十一歳の長男と十六歳の長女がいる。大学生と高校生である。最上の写真はマスコミ各機関に資料として保管《ファイル》されている。これらを入手して再度モーテル「スターライト」の従業員に写真面割りを行なったところ、捜査員の示した十数枚の中から、最上の写真を選び取った。

キイを弁償させられた怨《うら》みからそれを持ち去った客をしっかりと憶《おぼ》えていたのである。

最上の犯人適格性は十分と判断された。

九月二十日、三署の捜査本部の捜査幹部および静岡県警島田署の幹部が合同捜査会議を開き最上秀幸の逮捕を最終的に検討した。その結果、
○　昨年十一月十八日午後、山添延子と共に埼玉県東松山市のモーテル「スターライト」407号室に休憩した。
○　同日午後四時三十分ごろ、川越市域の轢《ひ》き逃げ現場に「スターライト」407のルームキイを捨てることのできるのは、両人以外にはあり得ない。従って、最上が同時刻に現場を通りかかったのは確実である。
○　同日午後五時三十分ごろ豊島区内の幹線道路上で発生した玉つき追突に山添の車に乗って巻き込まれたのは、大中、深草の写真によって明白である。
○　玉つき追突の被害者の遺族前沢雄爾とは赤坂の「ベルモードサロン」で面識がある。

○　前沢の死体が発見された奥大井川源流地帯には土地鑑がある。
以上の点を総合して山添殺しは最上の犯行との確信をもつに至った。前沢の死因についてはまだ確信をもてないが、まず山添殺害に対して逮捕状と家宅の捜索差押許可状を請求することに意見が一致した。

本人の社会的地位を考慮し、まず任意同行を求めて、自供を得た後、逮捕状を執行することにした。

その日の内に逮捕状と捜索差押許可状を請求し、その発付を得たのである。

3

翌九月二十一日午前八時練馬区桜台《さくらだい》の最上の自宅に赴いた捜査員は、折から出勤しようとしていた最上に任意同行を求めた。

「私に警察が何の用事ですか」

妻に玄関へ送られて出て来ていた最上は、やや硬い表情になったが落ち着いた声音で問うた。

「それは本部へ行ってから申し上げます」

署でなく、部と言ったところにも捜査員の尋常ではない構えが感じられた。

新宿署に設けられた準合同捜査本部に出頭を求められた最上は、取調官の質問に初めは知らぬ存ぜぬを通した。

まずすべての事件の発端となっている轢き逃げについては、証拠物件たる車が焼失しているので強気に、

「なにを証拠に私を轢き逃げ犯人と言うのか。言いがかりも甚しい。弁護士を呼んでもらいたい。でっち上げで告訴してやる」

と息巻いた。

「一通りお答えいただけたら呼んであげますよ。それではあなたは昨年十一月十八日の川越市域の現場へ行ってないとおっしゃるのですな」

取調べに当たった老練の那須警部が念を押した。

「行っていないと言ったはずだ」

「それではこれを憶えていますか」

那須は最上の前に「スターライト」から領置した４０７のキイを差し出した。最上の目に不安な色が塗られたが、ポーカーフェースで、

「なんだね、これは」

と反問した。

「これが轢き逃げから間もなく現場近くの路面に落ちていたのです」

「それが私にどんな関係があるんだ」

不安をまぎらそうとして居丈高になっている。

「あなたが落としたのですよ。いや同行者の山添さんが落としたのかもしれない。あなた方二人が同日午後、東松山市のモーテル『スターライト』に休憩したことは従業員が証言しております。その際あなた方はついうっかりしてキイを持ち去ってしまった。途中まで来てからそれに気づいて、走る車上からキイを投げ捨てた。あなたか山添延子さん以外にキイをその場所に投げ捨てられる者はいない」

「そ、そんなことがどうして言い切れるんだ。べつの日に捨てたかもしれないし、モーテルのキイなんていくつもあるだろう」

「おや、そうおっしゃるところをみると、モーテルに山添さんと休憩した事実は認めるんですね」

すかさず突っ込まれて唇を嚙《か》んだが、失言の分だけ追い込まれている。

「キイが同日現場から拾い上げられたことは証明されております。またスペアキイはマスターキイが一本あるだけで、モーテルにちゃんと保管されていました」

「だからと言って、私が轢き逃げした証拠にならないだろう」

最上は必死に踏み留《とど》まっている。

「モーテルは出発した時間から計算してあなたは、轢き逃げの犯行時間帯に現場にさしかかっている。当日の交通状態の記録によると、モーテルから現場の間に渋滞はなかった。あなた方はまさかその直後にそんな落とし穴が行手に口を開いているとも知らず、キイを投げ捨てた。ハンドルはあなたが握っていたのでしょう。そしていきなり目の前へ飛び出して来た子供を轢いてしまった」

「嘘《うそ》だ！」

「嘘ではない。あなたは咄嗟《とっさ》に逃げ出したものの、その後玉つきに巻き込まれた。それを奇貨として証拠の車が焼失してしまったので、山添さんとは同行していなかったことにしたのだ」

「嘘だ‼」

「だったらどうして玉つきの現場の写真にあんたが撮《うつ》っているのかね」

つづいて玉つきの拡大写真を突きつけられて最上は蒼白《そうはく》になった。

「か、か、仮に玉つきの現場にいたとしても、轢き逃げしたことにはならない」

最上は悪あがきしていた。

捜査令状に基いて最上の家宅や車を捜索した捜査員チームは、彼の車の中と、靴から重大な証拠資料を発見保存した。

まず車のトランクからルミノール反応が現われ、数本の髪の毛を採取した。また最上の靴に付着していた泥を採取、科学捜査研究所に依頼して微物検査したところ、珪質岩《けいしつがん》と輝緑凝灰岩を分析した。これを全国地質地図に基き候補地の土砂サンプルと対照検査した結果、南アルプス南部、特に奥大井川源流帯に露出している土砂であることが確認された。また髪の毛は前沢のものと識別された。

これが判明した時点で前沢雄爾に対する殺人容疑で逮捕状が執行された。改めて峻烈《しゅんれつ》な取調べが行なわれた。

轢き逃げに対しては言を左右にして言い逃れていた最上であったが、前沢殺害の逃れえぬ証拠を突きつけられて追いつめられてしまった。

最上にしてみれば、まさか前沢殺しを攻め口とされるとはおもってもいなかったようである。最上の自供は次のとおりである。

4

「塩沼弘子の子供を轢いたのは、指摘のとおりだ。ちょうど夕暮れ時で雨が断続していて、視力が極端に落ちていた。いきなり目の前に飛び出されて避け切れなかった。車がうけたショックからとうていたすからないことがわかった。これで営々として積み重ねてきたすべてが終りになるとおもった。私個人だけでなく技術担当のトップの自分が犯した幼稚な事故に社も著しいイメージダウンをうける。五十七歳ではもはや挽回《ばんかい》できない。

そのとき延子が『逃げるのよ』と私の耳にささやいた。だれも見ている者はいない、逃げろ。車さえ始末してしまえば絶対に捕まりはしない。万が一捕まったら私が身代りになってあげる。そのときは犬か猫を轢いたとおもったと言うわ。あなたは会社と社会にとって大切な人間だわ。こんなことであなたが社会的生命を失ったらそれこそ社会にとって重大な損失だわ。逃げるのよとささやいた。

おもいもかけない事故の後で動転していた私は、悪魔のささやきに従ってしまった。茫《ぼう》然《ぜん》としている私に代って、延子がハンドルを握った。あのとき直ちに届け出ていれば、その後の罪も累《かさ》ねずにすんだ。あのとき魔がさしたとしかおもえない。そしてその後玉つきに巻き込まれた。そのときは延子がハンドルを握っていた。玉つきで我に返った私は奇貨居《お》くべしとして、延子の車に乗っていなかったことにした。

事件の前から延子と密かにつき合い、少なからず援助もしていた。六本木の出店に際して金を出してやった。轢き逃げ以後彼女の態度が変ってきた。そんなことは一度も要求しなかった延子が私に妻と別れて延子と結婚するように強要してきたのだ。

妻は社の創立者の遠縁にあたり、そんなことができるはずはない。しかし延子は結婚しなければ、轢き逃げの真相を公けにすると暗に脅した。そしてセカンドカーを解体して無言の恫喝《どうかつ》を加えた。具体的なことはなにも言わなかったが、犬を轢いて気持が悪いので、スクラップにしちゃったわという言葉を聞いて私は慄《ふる》え上がった。

轢き逃げ捜査で解体業者を捜査するのは常道だ。犬を轢いたくらいでセカンドカーを解体した彼女は警察の不審を招くかもしれない。それが彼女の狙《ねら》いでもあった。警察が目を着けても、犯人でもなければ証拠の車も燃えてしまった彼女は、少しも恐くない。だが私は彼女がいつ口を割るかと生きた心地がしなかった。

そのとき彼女を生かしておけないとおもった。どうせ取り除くなら警察が彼女に目を着ける前がよいとおもった。そして五月十九日の夜、結婚について相談したいという口実を構えて彼女の家へ行った。

延子はまったく私を疑っていなかった。殺害になんの困難もなかった。ところが犯行を終えて脱出しようとしたとき、前沢と鉢合わせをしてしまった。そのときは前沢がなんのために来たのか知らなかったが、ともかく自分が訪ねて来たら彼女が死んでいたと告げた。その場をごまかして前沢を追い返しても、死体が発見されてから前沢の口から私がいた事実を警察に告げられたら救い難い事態になる。

前沢もびっくりした様子だったが、自分と延子が交際している事実は秘匿しているので自分から警察に届け出ることはできない。きみもぼくが今夜ここに来たことを黙っていて欲しいと言うと素直にうなずいた。

そのとき前沢も殺人を犯した直後だったとは知らなかった。前沢をそんなその場しのぎの口実で欺き通せないことはわかっていた。二、三日後の報道で同じ夜に大中が殺された事実を知り、さらに数日後、深草が殺されたので、ようやく私は前沢の復讐《ふくしゅう》ではないかと疑い始めた。玉つきの報道で両人とも当事者であることを知っていた。前沢の復讐を疑ったとき、私ははっとした。延子も玉つきの当事者の一人だ。前沢はもしかすると、延子も殺しに来たのではないか。それを私に先を越された。

そんな思惑をめぐらしかけたとき、前沢から連絡してきた。私の方も彼に黙秘の保証をさせなければならなかったので、会いたいとおもっていた。前沢が大中と深草殺しの犯人であれば我々は同じ位置に立つことになる。

前沢は私に会うと、自分が行なったことをすべて話した。大中と深草殺しに関しては、私が推測したとおりだった。自ら追突して妻子を炎の車の中に閉じ籠《こ》めておきながら、その光景にカメラを向けている二人を生かしておけないと決意して、隙《すき》を狙っていたと言った。

初めの間は復讐の意志が定まらなかったが、二人がカメラ雑誌のコンクールに応募したのを知って殺意が固まったと言っていた。深草だけが入選していたが、二人は同罪だ。

まず五月十九日、大中の会社に電話をかけて玉つきの件で二人だけで会って話したいと告げると、〝追突〟した後ろめたさがあったせいか、九時前までに自宅へ来るように言った。それまで電話で何度か話し合っていたので大中は多少見舞金を出すつもりでいたようだった。居間で話し合っている間に油断を見すまして胸を刺した。前沢がこれほどおもいつめていたとは知らなかった大中は、まったく無防備だった。

捜査は暴力団の抗争の方へ逸《そ》れていった。だから前沢が深草を殺すために同様の口実で面会を求めたときも、彼女はまったく警戒をしていなかったそうだ」

——前沢はなんの目的で大中を殺した後、山添の家へ行ったのか——

取調官は質問をはさんだ。

「延子は銀座へ出る前の一時期デートガールをしていた。また前沢は美容師になる前にホストクラブで働いていて、たがいの店が近かったので知り合ったそうだ。彼らは同じような境遇で意気投合したようだ。同一の玉つきに妻子と延子が巻き込まれたのも因縁だったが、前沢は大中を殺した後、女の優しさに包まれたくなって、延子の家に駆けつけて来たと言っていた。

前沢は、妻子の復讐を果たしたが、もう元の生活へ戻る気がしない。新しい土地へ行ってなにか新しい仕事をしたいのだが、援助してくれないかと言った。

私が延子を殺したとは一言も言わずに、自分の行なった二件の殺人を私に告げての要求に前沢の自信を感じた。そのとき私は前沢と同じ位置どころか、彼に生殺与奪の権を握られているのを悟った。私は支えるべき家族を含めて膨大なものを背負っているのに対して前沢は失うべきなにものももっていない。彼は捕まってもともとと考えているのに、私は彼が一言漏らすだけで、すべてを失ってしまう。延子を殺したことすら、また私の車に轢かれた幼い命も無意味になってしまう。彼らの犠牲を無にしないためにも前沢の口は永久に塞《ふさ》がなければならない。一人殺すも二人殺すも同じだという心理も働いていた。

全面的に協力すると約束して七月下旬、名古屋の方にどんな用途にも使える店が居抜きで売りに出ているから見に行かないかと誘うと二つ返事で従《つ》いて来た。

私が延子を殺した理由を単なる痴情沙汰《ざた》とおもっていたらしい前沢は、私に対してまったく警戒していなかった。御殿場《ごてんば》のあたりであらかじめ用意してきた睡眠薬をたっぷり仕込んだコーヒーを勧めると、間もなく眠りだした。静岡ICから362号線へ入り、山中で昏睡《こんすい》している前沢の首を絞めて止《とど》めを刺した。その際口から血のようなものを少し吐いたのが、後の検査に反応したらしい。

死体をトランクに詰めて現場に着くと、崖《がけ》から投げ落とした。あのあたりが道路と谷底の高度差が最も開いていることを前に何度か来て知っていた。谷底に落ちた死体は、まず発見されない。万一発見されたとしても四百メートルの崖を落ちた死体の自他殺の区別はつくまいとおもった。まさか同じ場所にラリー車が転落するとは予想もしなかった」

――おまえと山添延子とはどこで知り合ったのか――

「デートガールをしていたころだ。銀座のクラブで再会してからまた時々つき合うようになった。延子もデートガールの経歴は秘しておきたかったらしく、昔のなじみ客の私との関係を隠していた」

最上の自供によって一連の事件はすべて解決したのである。

一件の轢き逃げから端を発した四件の殺人事件は相互にからまり合いながら複雑怪奇な人間模様を焙《あぶ》り出した。だがその模様の奥に潜む因縁が捜査を解決に導いたことを、捜査員たちは乾いた捜査報告書に記入しなかった。

第十九章　終章の風景

1

中江淳子はまた転居することになった。

コロが余り啼《な》くので近所から苦情が出たためである。今度の住居はいまの場所よりはるかに交通の便が悪く、諸事不便な土地である。バスも一日数本、買い物も家から遠いスーパーで一週間分まとめてしなければならないような所である。

それでも、コロと別れられない淳子は止むを得なかった。

「コロと一緒にいるかぎり、私は結婚もできないかもしれないわね」

淳子は苦笑した。犬のために婚期を逸するとは馬鹿みたいだとおもったが、いまさらコロを捨てられない。

「私はおまえと結婚したようなものだわね」

淳子が話しかけたのに、コロは甘えた声でクーンと啼いた。

2

赤阪直司は相変らず会社と家の間を往復していた。会社では窓際、家では粗大ゴミの身分に変化はなかった。

このごろますます堕落した妻は、出勤前に帰途スーパーでの買い物メモを渡すようになった。それをべつに逆らいもせずに引き受ける。夫を信じているというより、平穏無事な夫婦生活に狎《な》れ切って、夫が反乱など起こすはずがないと安心しきっているのである。

だが彼は過日、終列車に乗って深草美那子と経験した冒険旅行を忘れていない。

それは彼の平凡な半生に対して翻したささやかな反旗であった。またいつか機会があれば、もっと派手な反旗を掲げてやるつもりである。

たるみ切っている豚のような妻や、自分を奴隷のように支配したと安んじている会社の鎖を切り放して、自由な反乱の旅へ出てやる。そのときの妻や会社の人間たちの驚いた顔をいまから想像するだけで愉快である。

どんな形でその冒険の反旗を翻すことになるかわからないが、反旗を立てることだけは確定している。それを楽しみに家と会社の間を忠実に往復しているのである。

3

北浦良太は殺人予備、住居侵入、銃刀法違反などで送検されたが、結局起訴猶予となった。北浦が暴力団員でなければ、立件されないところである。

釈放されると、塩沼弘子が待っていた。

「よかったわ。これで青天白日の身になれたわね」

弘子は我が事のように喜んでくれた。

「なんともしまらない殺し屋の成れの果てだね」

北浦は自嘲《じちょう》の笑いで顔を歪《ゆが》めた。こんなドジな殺し屋に、丸満も角正も愛想をつかしたにちがいない。

「これでよかったのよ。あれであなたが計画通り大中を殺していたら、私たち出遇《であ》うこともなかったわ。あなたはいまごろ監獄の中で、私はどこかの山奥か海の底で死んでいるかもしれないわ」

「ぼくに出遇って、きみが生きる気力を取り戻したとすれば、嬉《うれ》しいよ」

「だからあなたもやり直して。あなたはヤクザになるような人間ではないわ。ちょっとまちがった方角に迷い込んだだけよ。私たちまだ結論を出していないのよ。私たち終列車で出遇ったけれど、これから新しい人生に再出発するための始発列車に乗りましょうよ」

「きみと一緒なら、どんな方角へ行く列車に乗ってもいいよ」

「私たちの新たな門出のために、祝杯をあげない？」

「いいね」

二人は腕を組んで、目の前に広がる都会の風景を眺めた。

（この作品『終列車』は平成十三年十二月、
角川書店より文庫版で刊行されたものです）

終列車

一〇〇字書評

切り取り線

購買動機（新聞、雑誌名を記入するか、あるいは○をつけてください）	
□（　　　　）の広告を見て	
□（　　　　）の書評を見て	
□ 知人のすすめで	□ タイトルに惹かれて
□ カバーが良かったから	□ 内容が面白そうだから
□ 好きな作家だから	□ 好きな分野の本だから

・最近、最も感銘を受けた作品名をお書き下さい

・あなたのお好きな作家名をお書き下さい

・その他、ご要望がありましたらお書き下さい

住所	〒				
氏名		職業		年齢	
Eメール	※携帯には配信できません	新刊情報等のメール配信を 希望する・しない			

この本の感想を、編集部までお寄せいただけたらありがたく存じます。今後の企画の参考にさせていただきます。Eメールでも結構です。

いただいた「一〇〇字書評」は、新聞・雑誌等に紹介させていただくことがあります。その場合はお礼として特製図書カードを差し上げます。

前ページの原稿用紙に書評をお書きの上、切り取り、左記までお送り下さい。宛先の住所は不要です。

なお、ご記入いただいたお名前、ご住所等は、書評紹介の事前了解、謝礼のお届けのためだけに利用し、そのほかの目的のために利用することはありません。

〒一〇一－八七〇一
祥伝社文庫編集長　坂口芳和
電話　〇三（三二六五）二〇八〇

祥伝社ホームページの「ブックレビュー」からも、書き込めます。
http://www.shodensha.co.jp/bookreview/

祥伝社文庫

終列車《しゅうれつしゃ》

平成30年 4月20日　初版第1刷発行

著　者　森村誠一《もりむらせいいち》

発行者　辻　浩明

発行所　祥伝社《しょうでんしゃ》
東京都千代田区神田神保町3-3
〒101-8701
電話　03（3265）2081（販売部）
電話　03（3265）2080（編集部）
電話　03（3265）3622（業務部）
http://www.shodensha.co.jp/

印刷所　堀内印刷
製本所　ナショナル製本
カバーフォーマットデザイン　芥 陽子

 ISBN978-4-396-34408-5 C0193